"最美中国"丛书(第二版)

U0879889

最美的诗歌

王明韵 著

合肥工業大學出版社

序

赵 焰

一直以为，中国传统文化的精髓，从时间上说，是在明朝之前的。明朝之前，占据社会主流的，是清明理性的孔孟之道。崇尚自然、游离社会的道学，作为主流思想的补充，与儒学一起“相辅相成”、“一阴一阳”，使得社会主流思想具有强大活力。从总体上来说，中国文化的源头，无论是周公、老子、孔子，还是后来的诸子百家，比如说孟子、荀子、庄子、韩非子、墨子等等，都对人生保持清醒、冷静的理性态度，保持孔子学说实践理性的基本精神，即对待人生、社会的积极进取精神；服从理性的清醒态度；重实用轻思辨、重人事轻鬼神的思维模式；善于协调，讲究秩序，在人伦日用中保持满足和平衡的生活习惯……中国文化的源头如此，决定了汉民族的心理结构和精神走向，包括汉民族理想追求、文化风格以及审美倾向。

中国文化在明朝之前，占据社会主流的，是高蹈的士大夫精神。最显著的表现在于：人们遵从天地人伦之间的道德，有高远的理想，讲究人格的修炼，反对人生世俗化，鄙视犬儒的人格特征。从春秋时代起，中国知识分子一直以“修身齐家治国平天下”为人生使命，以追求道德、知识和审美为人生归宿。比如说孔子，从他的言语来看，更像是倡导一种人生价值观，追求人生的美学意义。又比如说庄子，他的学说，不像是哲学，更像是一种生活美学：道是无情却有情，看似说了很多超脱、冷酷的话，实际上透露出对于生命、本真的眷恋和爱护，要求对整体人生采取审美观照态度，不计功利是非，忘乎物我、主客、人己，以达到安详和宁静，让自我与整个宇宙合为一体。这种贯穿着士大夫精神的人生价值观，让人忘怀得失摆脱利害，超越种种庸俗无聊的现实计较和生活束缚，或高举远蹈，或怡然自适，或回归自然，在前进和后退中获得生活的力量和生命的意趣。这就是中国历代士大夫知识分子一以贯之的艺术清洁精神。英国大哲学家罗素曾经说："在艺术上，他们（中国人）追求精美，在生活上，他们追求情理。"这是说到关键了。

中国人的生活哲学就是如此，一方面高旷而幽远，另一方面也连着"地气"，是自发的浪漫主义和自发的经典主义的结合。道家是中国人思想的浪漫派，儒家是思想的经典派。当东汉年间佛教传入之后，这种以出世和解脱为目的的宗教体系遭到了儒学和道教的抵抗，从而消解了印度佛教中很多寡凉的成分。经过"中庸之道"的过滤，其中极端的成分得到了淡化，避免了理论或实践上的过火行为。也因此，一种中国特色的佛教观产生了，佛教在中国更多变身为"生活禅"，变成一种热爱生活创造人生的方式。中国人一方面避免了极端的"出世"之路，另一方面，由于心灵的滋养、美智的开发，使得东汉魏晋，包括后来的南北朝、隋唐、五代十国以及唐宋元产生了很多高妙的艺术，"艺术人生"的观念也随之如植物一样葳蕤生长。可以说，这些朝代，是中国最具审美价值、最开人们心智、也最出艺术珍品的年代。也因此，很多艺术种类都在这个阶段达到了高峰，比如说唐诗、宋词、元曲、书法、绘画、音乐、舞蹈等等，它们洋溢着一种高蹈的精神追求，境界高远，洁净空旷，如清风明月，如古松苍翠。从审美上看，由于存有或明或暗的观照，存有人格与事物的交融，主题得到了提升，感悟与生命同在，境界与天地相齐，一种深远的"禅意"油然而生……从总体境界上来看，这一阶段的各类艺术形式，因为主题和境界的破对立、空物我、泯主客、齐生死、反认知、重感悟、亲自然、寻超脱等等，达到了各自的高峰。它们是最能代表中国文化精髓的。

中国的艺术精神到了明清之后，有低矮化的倾向。明清以后，由于社会形态的变化，专制制度进一步严酷；加上统治者出身和教育的局限，以及愚民政策的目的，整体文化和审美呈低俗化的倾向，社会和人生的自由度越来越窄，艺术的想象空间越来越逼仄，艺术作品的精神高度下降。随着"程朱理学"和科举制度的推行，人们的想象力、创造力被扼制，审美弱化，艺术更趋

“侏儒化”、“弱智化”。大众普罗的喜好抬头，刚正不阿的风骨软化，崇尚自由、自然、提升的审美精神也在丧失。不过尽管如此，在明清时代的中晚期，那种崇尚自然、物我两忘的高贵精神仍时有抬头，一批有着真正艺术精神的独立艺术作品或有出现。尽管如此，士大夫精神已不是艺术美和生活美的主旋律，它只是一种空谷幽兰的生命绝响。

近现代之后，由于社会动荡，战乱连连，再加上西方现代化所导致的实用主义、功利主义的渗入，中国的文学艺术遭到了进一步摧残，传统的艺术精神更进一步沉沦。艺术的政治化倾向、实用主义倾向和世俗主义倾向抬头，这直接导致了真正的艺术精神缺失，艺术的品位下降，高蹈精神向世俗俯首，自然和自由变身为功利和实用，士大夫精神更是变身为犬儒主义。中国近现代上百年的屈辱和战乱，更使得中国自古以来高洁的审美观变得扭曲和肤浅：黄钟大吕变成田野俚语，布衣青衫变成了披红挂绿，古琴琵琶变成了锣鼓鞭炮，洁身自好变成了争相取宠，安详宁静变成喧哗骚动，幽默风趣变成庸俗不堪……如果说是与非、美与丑是人类最基本标准的话，那么，很长一段时间里，这种基本标准都在丧失，很多人已分辨不了是与非，也分辨不了美与丑。“文革”时期八个脸谱化的样板戏在左右着中国人的全部精神生活，这样的现象，又何尝不令人扼腕叹息！

如果说中国当代教育存在着诸多问题的话，那么，以我的理解，当代教育最大的问题，甚至不是传统丢失、精神扭曲以及弱智低能，而是在美育上的缺失。很多年来，人们丧失了一些最基本的判断，不知道什么是美的，什么是丑的；很多人将美当成丑，将丑当成美，从而失去了美的方向性。这一点，只要观察我们周围的人们，就可以得出结论——在我们的周围，到处都是对于生活没有感觉，对于美丑没有鉴别的人。他们所拥有的，只是功利，只是物质，只是金钱，只是对美丑的弱智的鉴别和判断。这些人不仅仅是一些教育低下的人，甚至一些貌似受过良好教育的人也是这样——他们虽然拥有很高的学历，有很好的教育背景，但在美丑的辨别力，以及对于艺术、心灵的觉察力、感悟力和理解力上，同样表现得能力低下、缺乏常识。这样的现象，实际上是我们多年以来的教育缺乏美育，缺乏精神导向的结果。一个人的审美，是与道德和智慧联系在一起的，审美的缺失，实际上也是道德和智慧的缺失。一个对美缺乏判断力的人，很容易在人生中缺乏动力和方向，也很容易被民族主义、法西斯主义、极端主义、工业主义所奴役，成为过度现代化的牺牲品。在很多时候，这种人不可能是一个丰富的生命，只是一架精神匮乏的机器。

现在，这一套由合肥工业大学出版社精心组织的“最美中国丛书”，似乎在某种程度上，弥补了一些“寻根”和美育上的缺失。这一套书的第一辑共十本，它们分别是：《最美的思想》《最美的品格》《最美的女性》《最美的诗歌》《最美的文辞》《最美的书画》《最美的宝藏》《最美的乐舞》《最美的风物》《最美的民俗》，旨在于“重建中国优美形象，重构华夏诗意生活”，通过对古代思想、伦理道德、文学艺术、风景民俗等的重新梳理，重新发现中国特有的美，倾情向世人推介这种美，以期真正的美得到传承。这套书知识精准，图文并茂，力求童趣与大美的融合，悦目和感人的统一。对于正在成长的青少年来说，这一套书，应是一个不错的选择，最起码它可以让人知道，什么是中国的最美，什么是中国真正的美。

上个世纪初，著名教育家蔡元培先生曾经提出过著名的“五育并举”教育方针，“五育”为：军国民教育、实利主义教育、公民道德教育、世界观教育、美感教育。其中，美感教育尤其有特色，蔡先生还以“以美育代宗教”的口号闻名于世。在蔡元培看来，美育是宗教的初级阶段，对于没有宗教传统的中国人来说，美育教育是一种基础，并且相对宗教，美育更安全，更普及，也更为人接受。通过美育，可以培育出道德是非的基础，培育出向上的力量。虽然蔡元培的这一观点引起过一番争论，但对于一个人来说，有美的熏陶，有对于美丑的正确判断，怎么都不能说是一件坏事。并且，美与是非，与善恶，与道德，与人类的心灵，与这个世界的根本，是联系在一起的。以对美的判断和感知为出发点，了解中国历史，了解中国文化，了解中国人曾经的艺术生活，了解一个民族的内心世界；从而进一步了解世界，了解世界的规律，与身边的一切做到和谐相处，都是大有好处的。

也许，这套书的意义就在于此。

目　录

诗人年份表

《采薇》作者　公元前1100—前600年之间
《迢迢牵牛星》作者　25—220年之间
曹　植（192—232）　东汉、三国诗人
陶渊明（365—427）　晋代田园诗人
谢灵运（385—433）　六朝诗人
鲍　照（415—470）　六朝诗人
王　勃（649—675）　唐代诗人
宋之问（656—712）　唐代诗人
贺知章（659—744）　唐代文学家、诗人、书法家
陈子昂（661—702）　唐代文学家
王之涣（688—742）　盛唐时期的诗人
孟浩然（689—740）　唐代诗人
王昌龄（690—756）　盛唐时期著名边塞诗人
王　维（701—761）　唐朝诗人
李　白（701—762）　盛唐时期伟大的浪漫主义诗人
杜　甫（712—770）　盛唐时期伟大的现实主义诗人
岑　参（715—770）　唐代诗人
张　继（715—779）　唐代诗人
韦应物（737—792）　唐代诗人
孟　郊（751—814）　唐代诗人

韩　愈（768—824）　唐代诗人
刘禹锡（772—842）　唐朝文学家，哲学家
白居易（772—846）　唐代伟大的现实主义诗人
柳宗元（773—819）　唐朝著名的文学家
贾　岛（779—843）　唐代诗人
元　稹（779—831）　唐代著名诗人
李　贺（790—816）　唐代著名诗人
许　浑（791—858）　唐代著名诗人
杜　牧（803—852）　唐代著名诗人
李群玉（808—862）　唐代著名诗人
温庭筠（812—866）　唐代诗人
李商隐（812—858）　唐代著名诗人
黄　巢（820—884）　唐末农民起义的领袖人物
韦　庄（836—910）　唐朝花间派词人
鱼玄机（844—871）　女，晚唐诗人
杜荀鹤（846—904）　唐代诗人
无　可（不详）　唐代僧人、诗人
太上隐者（不详）　唐代隐士，隐居于终南山，生平不详
欧阳修（1007—1073）　北宋文学家
王安石（1021—1086）　北宋杰出的政治家、思想家、文学家、改革家
苏　轼（1037—1101）　北宋文学家、书画家
杨万里（1127—1206）　南宋杰出的诗人
陆　游（1125—1210）　南宋诗人
朱　熹（1130—1200）　南宋著名理学家、思想家、哲学家
纳兰性德（1655—1685）　清代诗人
袁　枚（1716—1797）　清代诗人
徐志摩（1897—1931）　现代诗人
冯　至（1905—1993）　现代诗人
卞之琳（1910—2000）　现代诗人
穆　旦（1918—1977）　现代诗人

采 薇

无名氏

采薇采薇，薇亦作止。曰归曰归，岁亦莫止。
靡室靡家，猃狁之故。不遑启居，猃狁之故。
采薇采薇，薇亦柔止。曰归曰归，心亦忧止。
忧心烈烈，载饥载渴。我戍未定，靡使归聘。
采薇采薇，薇亦刚止。曰归曰归，岁亦阳止。
王事靡盬，不遑启处。忧心孔疚，我行不来。
彼尔维何？维常之华。彼路斯何？君子之车。
戎车既驾，四牡业业。岂敢定居，一月三捷！
驾彼四牡，四牡骙骙。君子所依，小人所腓。
四牡翼翼，象弭鱼服。岂不日戒，猃狁孔棘！
昔我往矣，杨柳依依。今我来思，雨雪霏霏。
行道迟迟，载渴载饥。我心伤悲，莫知我哀！

昔我往矣

我非常喜欢《采薇》中的“昔我往矣，杨柳依依。今我来思，雨雪霏霏”这句诗，儿时读它，不是记忆好，却也过目不忘。诗中“昔往”与“今来”对举，于古往今来之中，愁绪悲伤之情跃然纸上；而“杨柳”与“雨雪”，又是借景言情，雅人深致，正如王夫之在《姜斋诗话》中所言：“以乐景写哀，以哀景写乐，一倍增其哀乐。”这句诗，不仅被称为《三百篇》中最佳诗句之一，据说自南朝谢玄以来，好评如潮，已在持续不断的评介中，绵延成了一部一千五百多年的阐释史。

战争自古以来让人厌恶，这首诗可以理解为一首厌战诗。

杨柳依依

这是在冬天，雨夹着雪，席卷而来，阴冷入骨。一位解甲退役的老兵在踽踽独行于返乡途中；道路崎岖泥泞，饥渴劳累之苦苦不堪言；边关渐远，家乡渐近，远于近中，抚今追昔，百感交集，惨烈的杀戮和艰苦的军旅生活恍若昨日，历历在目；而此刻，作为背井离乡的征夫，其思乡归家之情，更是溢于言表。饿了，采薇而食，而这“采薇”，又绝非家乡女子“采桑”般优雅闲舒；而嫩芽从破土而出，再到茎老叶凋，是一个多么漫长的过程啊！一方面，厌战又不能不为之而战，另一方面思家却有家不能归，怎能不“曰归曰归”，又怎能不“忧心烈烈”？

也有人对把这首诗作为厌战诗去解读持有截然相反的态度，认为诗中既有士卒冲锋陷阵、战马驰骋疆场的场面，又有出生入死、一月三捷的骄傲；《毛序》则说，这是一首遣戍役之诗，一首劝将士之诗。而作为一种善良的愿望，我情愿把它解读为一首反战之诗。全诗情感悲惘忧伤，尤其是面对生命的流逝、光阴的虚度、生死的未知、思乡怀亲的焦虑和孤独无助的惆怅，又怎能不“我心伤悲，莫知我哀”呢？

纵观古今中外诗坛，反战诗、厌战诗比比皆是，但这首《采薇》，可以说是中国千古厌战诗之首。这首诗通过对戍卒久戍难归、行道迟迟的内心世界的描写，表现出了生命深处对战争的厌恶和反感，在“我心伤悲”之中，追忆唱叹，以诗言情。《采薇》类归《小雅》，却颇似《国风》，无论从艺术形式还是从思想内容上，都极具欣赏和研究价值。

迢迢牵牛星

无名氏

迢迢牵牛星，皎皎河汉女。
纤纤擢素手，札札弄机杼。
终日不成章，泣涕零如雨。
河汉清且浅，相去复几许？
盈盈一水间，脉脉不得语。

札札弄机杼

这首诗写的是传说中的牛郎与织女的故事，牛郎织女隔河相望，不能相会，相思之苦常常会“泣涕零如雨”，可谓一咏三叹，哀婉动人。但诗人写的又绝非银河两岸的牛郎与织女，看似写“天上”，实则写“人间”，其相思之苦、爱恋之深，让人联想，也让人嗟叹。

全诗只有十句，叠音词却有六处之多，于“迢迢”、“皎皎”、“纤纤”、“札札”、“盈盈”、“脉脉”的叠加往复中，描写出了少妇的愁情苦绪，意蕴深远，风格浑成，既赋予了诗内在的律动，又写出了银河浅滩之外的困境。诗一开头，牵牛也迢迢，织女也皎皎，渴望中的遥不可及在互见文义中跃然纸上，这牵牛、这织女，正是现实生活中苦恋着的男女。而接下来，月光下织布的织女，心牵爱人，哪还有心思织布纺线啊，她只是素手纤纤，抚弄着机杼泪如雨下，任“札札”之声随织布机梭子的往返而不绝于耳。“河汉清且浅，相去复几许？盈盈一水间，脉脉不得语”，诗的后四句，诗人写的是看似近在眼前，实则远在天边的爱情，一水之隔，手不能牵，人不能见，心何其苦，情又何以堪？再通读全诗，迢迢是遥远，皎皎是月光，纤纤是玉指，札札是机声，盈盈是姣好，脉脉是含情；而正是这种美好的、诗意的衬托，让相思之苦于不经意中自然而然地流露出来。

这首诗并不深奥，用典则采用中国民间一个古老的传说，亲切而又熟知。诗人选词用句不落窠臼，把传说中的“牛郎星”，写成了“牵牛星”，把传说中的“织女星”，写成了“河汉女”，这就是语言使用上的微妙和传神之处，犹如“札札”之机杼之声，其实不是在织布，而是在倾听和诉说。

白马篇

曹 植

白马饰金羁，连翩西北驰。借问谁家子，幽并游侠儿。
少小去乡邑，扬声沙漠垂。宿昔秉良弓，楛矢何参差。
控弦破左的，右发摧月支。仰手接飞猱，俯身散马蹄。
狡捷过猴猿，勇剽若豹螭。边城多警急，虏骑数迁移。
羽檄从北来，厉马登高堤。长驱蹈匈奴，左顾凌鲜卑。
弃身锋刃端，性命安可怀？父母且不顾，何言子与妻！
名编壮士籍，不得中顾私。捐躯赴国难，视死忽如归！

马蹄声声

曹植采用汉乐府歌辞《杂曲歌·齐瑟行》的形式，写下了这首脍炙人口的《白马篇》。白马是一匹战马，饰着金黄的头饰，向西北方向驰骋而去，他以马指人，以马喻己，不写人却让人在其中；而那匹白马，在古代，除了象征着英勇善战、不畏生死的品格，还是坚定、忠诚、百折不挠的象征；曹植“生乎乱，长乎军”，一生的志向就是效忠于朝廷，立功于圣世，这“白马”，自然而然就是他的化身了。

这白马飒爽英姿，驰骋疆场，一往无前，所向无敌；只是在军情紧急之时，诗人却以缓笔之势插入对白马的描述，一张一弛，张弛有度，尽显诗人驾驭语言的能力；白马乃诗中的“游侠儿”，时而英俊豪迈，时而武艺超群，时而冲锋陷阵，时而弃身报国。诗中的游侠儿，骑射技术高超精湛，左右开弓，仰射俯射，或动或静，箭无虚发；敏捷如猿，骁勇如虎豹蛟龙。边塞城邑遭敌军入侵，情势险危之时，游侠儿“厉马登高堤”，置生死于度外，立刻投身于刀锋剑刃、短兵相接的杀敌战场，随时准备着甘洒热血，为国捐躯。唐代诗人白居易说“诗者，根情、苗言、华声、实义”，意思是说诗歌以感情为根本，以语言为苗叶，以声音为花朵，以思想为果实。而曹植的《白马篇》正是在这种构架之下，层层铺陈描述，情动于形，形隐于言，在一吐为快之中，步步升华着内心世界的情感；毫无疑问，曹植诗中的“白马英雄”，是以“白马”为指代，讴歌和礼赞了爱国英雄的崇高形象。关于曹植和他的《白马篇》，南朝诗人鲍照在《代陈思王〈白马篇〉》中曾写道：“白马骍角弓，鸣鞭乘北风。要途问边急，杂虏入云中。”这诗中的陈思王，即指曹植，曹植曾被封为陈王，去世后谥曰“思”，故后世称之为陈思王。

马蹄声声

曹植字子建，是曹操的第三个儿子，生逢乱世，自幼随父征战四方，南极赤岸，东临沧海，西望玉门，北出玄塞；由于战争环境的熏陶和报效国家、民族的理念，培养了曹植“戮力上国，流惠下民”的理想。而从汉献帝建安到魏文帝黄初年间，正是中国古代诗歌创作的黄金时期，由曹操父子倡导的“感于哀乐，缘事而发”的现实主义诗歌精神得到了传承和发扬。无论是曹操的《龟虽寿》，还是曹植的《白马篇》，都堪称是现实主义诗歌的力作。

归园田居（其三）

陶渊明

种豆南山下，
草盛豆苗稀。
晨兴理荒秽，
带月荷锄归。
道狭草木长，
夕露沾我衣。
衣沾不足惜，
但使愿无违。

不言春作苦

文人书斋里常挂着“宁静致远，淡泊明志”的条幅，但大都是做做样子，很多人做不到，很多人根本就不准备这样做，但陶渊明做到了。作为田园诗人，他热爱田园静美，乡村野居，种豆除草，与农夫、乡邻、野老彼此以诚相待，听狗吠鸡鸣，赏桃红柳绿，自然没有了官场的虚与委蛇，让“性本爱丘山”的质性抒发得淋漓尽致。

现在诗人又去南山下种豆了，按常理，种瓜得瓜，种豆得豆，但这又谈何容易。从诗中看，田园里草比豆长得好，而我们的诗人并没有少劳作——晨起晚归，理荒除草，露湿衣襟。他虽没有写“四体诚乃疲，庶无异患干”的劳乏，但腰酸背疼、老茧满手也是自然的。只是在陶渊明眼里，苦与累都没有什么，别枉费了这番苦心啊！其实，陶渊明热爱农事，并非只是文人的浪漫和闲情逸致，而是骨子里和土地、和山水田园有着千丝万缕的联系。在他步入官场前的 29 年岁月中，几乎都是在农村度过的；41 岁之后又开始了隐居田园的生活，活动范围大都在庐山附近百里之内的乡间；在这里，陶渊明不是吟诵农事诗歌的旁观者，而是身体力行的参与者，他的汗水里、泪水里、血液里、生命中都有着泥土的营养和芳香。

带月荷锄归

自古以来，吟诵农事之章甚多，且脍炙人口，久传不衰。《吕氏春秋·仲夏记·古乐》中有《燧草木》、《奋五谷》；《帝王世纪》中有《击壤歌》；《诗经》中有《良耜》、《大田》等等。但这些篇章，大都是零零碎碎地咏及农事，缺乏完整的劳动场景和来自生命深处的体验。到了陶渊明这里就不同了，甚至是有了质的飞跃，在他现存的 120 多首诗歌中，有关农事耕作的诗就占了30多首，不仅数量多，而且质量高，都是他躬耕自食、汗珠子摔八瓣的结果，给晋宋诗坛“殆无诗乎”的死寂注入了巨大的生机和活力。

关于诗中的南山之下种豆，和他的“采菊东篱下，悠然见南山”的“南山”，应该是同一个“南山”。陶渊明久居九江县城的柴桑里，抬头可见庐山山麓，因此才会在这儿时而种豆，时而采菊；也正因为这种劳作、实践和体验，才使他的诗有了源自田园山水的灵动和独标一格的品质——无论是田园、山水、炊烟、农舍，还是草木、禽鸟、花卉、果实，都显得那么宁静、淡雅、亲切、迷人，让我沉幻于他的诗情画意中久久不舍离去。

“衣沾不足惜，但使愿无违”，让我们随陶渊明一道，晨兴早起，携锄戴月，种豆去吧！采菊去吧！

登池上楼

谢灵运

潜虬媚幽姿，飞鸿响远音。
薄霄愧云浮，栖川怍渊沉。
进德智所拙，退耕力不任。
徇禄及穷海，卧痾对空林。
衾枕昧节候，褰开暂窥临。
倾耳聆波澜，举目眺岖嵚。
初景革绪风，新阳改故阴。
池塘生春草，园柳变鸣禽。
祁祁伤豳歌，萋萋感楚吟。
索居易永久，离群难处心。
持操岂独古，无闷征在今。

天赐我也

谢灵运是晋宋时期的大诗人，文学成就极高，以诗歌著称于世。他的诗，不仅同时代人颇为喜爱，也为后人所欣赏。他的这首诗，也成为后人创作的典范；“池塘生春草，园柳变鸣禽”这两句，更是文学史上著名的佳句，犹有天赐神助，堪称神来之笔。

关于这首诗，有一个美好的、让人心动的故事。

池塘生春草

据《谢氏家录》记载：有一天，谢灵运在西堂作诗，踱步、皱眉，苦思冥想，反复寻觅着诗句；但整整一天，也没能把一首诗写好。他似乎为诗所累，困倦欲睡，朦朦胧胧之中，忽然看见他的族弟谢惠连走过，立刻灵感一闪，捕捉到了刹那间的情绪，写出了这首脍炙人口的诗歌。谢惠连是何许人也？谢灵运看见他又怎么会诗兴大发？谢惠连除了是谢灵运的族弟，也是位才思敏捷、颇具诗名的诗人，他的《秋怀》、《捣衣》之诗，闻名于当时。谢灵运和谢惠连既是亲戚又是诗友，两个常在一起品茗作诗，放歌野外。有一次二人远足福建闽侯县欧冶子铸剑之处游览，诗兴大发，并诗连句，树上题诗，无比兴奋。或许是因为谢惠连也是才思敏捷之人吧，在当时，有人以为只要谢灵运一看见谢惠连，就会佳句顿生；再加上他自己也对人说："写出这两句诗是有神帮助我，并不是我写的。"所以后人也似信非信地认为，真是谢惠连助推了他。

其实这怎么可能呢？任何一首优秀的诗歌，都是源于作者对生活的日积月累，灵感只是引发生活之诗的导火索。谢灵运一生仕途不得意，常于怀才不遇中放荡山水；他不仅常常一人孤行，有时还吆五喝六结伴而行，有一次竟被看山人疑为“山贼”。官场上的失意，让他心向自然，其山也好，其水也佳，正是自然界生动灵韵的山山水水，孕生了他的诗思，营养了他的诗歌，让他在苦思冥想佳句不得之后，犹如神助般地写出了“池塘生春草，园柳变鸣禽”的不朽佳句。

人生阅历的丰富，生活经验的积累，苦难与自然的孕育，再加上才思的敏捷与心灵的智慧，是这首诗成功的关键，所谓“神助”，只是一种天时、地利、人和瞬间碰撞迸发的火花，是偶然中的必然，诚如宋人叶梦得评价谢灵运这首诗时所说：“此语之工，正在无所用意，猝然与景相遇，借以成章，不假绳削，故非常情所能到。诗家妙笔，当须以此为根本。”

梅花落

鲍　照

中庭杂树多，
偏为梅咨嗟。
问君何独然？
念其霜中能作花，
露中能作实。
摇荡春风媚春日，
念尔零落逐寒风，
徒有霜华无霜质。

似稚似老

“似稚似老，妙妙”，是明代钟惺对鲍照《梅花落》的评价，贴切，有见地。

诗人写梅，先不言梅，却用庭院的杂树衬托梅，且“衬醒”，让高者更高，可谓用笔之妙、之出其不意。诗人礼赞梅花，又别出心裁地从一声自问自答开始：“问君何独然?”一个“独”字，有别于杂树，那些杂树，招摇于春风，斗艳于春日，当秋来冬至，便随风而逝；独有这梅花，霜中能作花，露中能作实，朴实无华中见筋骨，阴风怒号中有逸韵；情之所至，意之所指，有五言也有七言，诚如沈德潜在《古诗源》中所言：“以花字联上嗟字成韵，以实字联下日字成韵。”

偏为梅咨嗟

说其稚，是指诗人以单纯朴拙、信笔写梅的形式，写出了梅的新鲜与可爱，颇有几分稚气；说其老，是说诗人“偏为梅咨嗟”时的舍形取神之境，也是他以梅自喻，写出了自己“位卑人微，才高气盛，生丁于昏乱之时，奔走乎死生之路”的境遇。鲍照出身寒门，但心智高远，且不屑与燕雀为伍，不愿终日碌碌无为；他曾向皇室献诗言志，做过县令类的官员，后惨死于乱兵之手，只活了50多岁；也曾怕得罪自以为有几分文采的南朝宋孝武帝刘骏，故意写些鄙言累句，残词败笔，如辕下之驹般地苟活，这又是何等痛苦。南北朝是一个看重门户的时代，谁的祖上有达官贵人，谁就能坐享荣华富贵；鲍照虽屡屡努力，却不能志有所为，因此内心深处的郁结之气，发而为诗：“问君何独然？”

除了这首《梅花落》，鲍照还写过一首著名的《拟行路难》，诗中诗人时而投箸罢食，拔剑掣柱，仰天长叹；时而邀月大醉，借酒浇愁；时而心灰意冷，牢骚满腹；时而自我慰藉，心存不甘。他说，人生亦有命，安能行叹复坐愁；他说，人生苦多欢乐少，意气敷腴在盛年；他说，自古圣贤多贫贱，何况我辈孤且直；他说，莫言草木委冬雪，会应苏息遇阳春……

如果说，我们在《梅花落》中读到了梅花的傲霜与傲骨；那么，在《拟行路难》中，我们则看到了鲍照心中的不平与愤懑。钟嵘在《诗品》中说，鲍照是“嗟其才秀人微，故取湮当代”，好一个“才秀人微”，道出了鲍照《梅花落》中“似稚似老”的真实感受和内心苦衷，让人物性格熔铸其中。

江亭夜月送别（其二）

王　勃

乱烟笼碧砌，
飞月向南端。
寂寞离亭掩，
江山此夜寒。

俱是梦中人

又是离别，又是离别之诗。古人写离别之诗很多，从《诗经》到王勃，不计其数。就王勃而言，也是送别、离别之诗多多。他写《送杜少府之任蜀州》，竟写出了“海内存知己，天涯若比邻”的千古名句；他写《别薛华》，也写出了“无论去与往，俱是梦中人”的隽永诗行。但无论跟其他诗人相比，还是跟自己比，他的这首《江亭夜月送别》（其二），都显得意境开阔，独标高格，正如古人所云“诗要避俗，更要避熟”，王勃的这首诗妙就妙在既避开了别人，又避开了自己。

诗人在送谁呢？我们无从查证，这也似乎并不重要。诗人是在江边与朋友分手的，天色已晚，江水淼淼，孤帆点点，朋友渐行渐远，直到看不见身影，才依依不舍地转过身来。他环顾四周，山水依然，明月高悬，离亭尚在，夜色深沉，只是朋友去了远方，怎能不流连顾望，一咏三叹，让落寂之情吐纳于纸上。他

江亭夜月送别

首先写了船即将开行前的场景：夜色已晚，雾笼月移。其实在这里，他只是再次去描摹，关于“夜”，关于“月”，他已写在了题目里，这里只是想衬托朋友走后，离亭的寂寞和月夜的寒冷。从表面上看，诗人似在写景叙事，其实他的每一个字每一行诗，都写的是人散后，月影之下的愁滋味。首句中的“乱”，第二句中的“飞”，第三句中的“掩”，最后一句中的“寒”，于空灵蕴藉之美中，写出了江山夜寒之下的惘惘若失之情。需要特别强调的此诗的最后一个字“寒”，可谓神来之笔，既有自然之寒、肌肤之寒，又有心中之寒，诚如王国维在《人间词话》中所说，着此一字，境界全出。

王勃少年即负盛名，素有抱负，却因“戏为《檄英王鸡》文”而触犯唐高宗，20 多岁就识尽愁滋味。怀才不遇和仕途的坎坷，常常让他内心之苦无处宣泄，因此常和文朋诗友心事同漂泊，生涯共苦辛。而对于诗人而言，内心之苦、内心之痛，本无良药可解，那就都写在诗里吧——“无论去与往，俱是梦中人”。

送别杜审言

宋之问

卧病人事绝，
嗟君万里行。
河桥不相送，
江树远含情。
别路追孙楚，
维舟吊屈平。
可惜龙泉剑，
流落在丰城。

病中吟

诗人什么时候最寂寞?

生病的时候。

失意（失恋）的时候。

诗人宋之问生病了，有一句话说，什么都有别有病。可见，无论生的什么病，都是一件痛苦的事情。现在，宋之问病了，久卧病榻，社会交往少，外边发生了什么事也不得而知。这倒也罢，这样可以静心休养一番，以求得远离尘世的喧嚣而偷得一时之闲，但这时，却偏偏传来好友杜审言被贬发配的消息，病床上的诗人怎能不病在身上，痛在心中，旧愁未消，又添新愁。

杜审言是宋之问的好朋友，也是位诗人，平常二人来往甚密，文学上志同道合，政治上见解相近，常邀月畅饮，切磋诗意，感喟时政，自然有着很深的友谊。现在好朋友坐事被贬吉州司户参军，此一别不知何时再见，甚至是永不再见，怎能不让人心结千千，心有不舍，所以他在第二句的句首用了一个没有其他字符能代替之的“嗟”字——一“嗟”友朋离别的愁情苦绪，二“嗟”好友被贬的不幸遭遇，三“嗟”人生的变幻无常，四“嗟”不能起身相送的悲伤与无奈……一个“嗟”字，承上启下，贯穿始末，实在想象不出，若不用一个“嗟”字，还有什么字可以代替它。

江树远含情

杜审言被贬被发配已是不争的事实，铁板钉钉般地不可逆转，伤心之余，宋之问一定会央求郎中允许他起身相送，但身体状况不允许呀，只有“河桥不相送”，看似说得轻松，其实内心里翻江倒海，波澜起伏。躺在病床上，诗人仿佛看见杜审言一步三回头，不忍离去；送行的人都回家了，只是江边的树木还在，河桥的景色还在，唯有好友不见了踪影；于是，他想到了曾名重一时的西晋文学家孙楚，想到了遭奸人所害、流落沅湘，最终自沉汨罗的屈原，想到了当年贾谊被贬长沙时，途经湘水，触景生情所作的《吊屈原赋》。孙楚“多所凌傲”，屈原“举世皆浊我独清”，杜审言“恃才謇傲”，三位桀骜不驯之人，才学之高，遭遇之相似，皆是世道不平所导致的悲剧；而这一次杜审言由洛阳流贬吉州，正好取道两湖，浪迹潇湘，仿佛是踏着前贤的足迹，去追寻孙楚和屈原了！

不能起身相送，不能举杯饯行，不能面诉衷肠，天高地远，离愁凄凄，宋之问抚今追昔，病中苦吟，心里很不是滋味。躺在病床上，不知自己何时能解除病痛，化险为夷。心里却还惦记着好友，既为他惋惜又为他祈祷——“可惜龙泉剑，流落在丰城”。龙泉剑是宝剑，这里是指好友杜审言，宝剑之气，上彻于天，很可惜流落到了丰城；丰城与杜审言被贬的吉安同属一地，而杜审言仿佛宝剑一样光气非常，又岂能被尘土湮没？是金子总要发光，在宋之问看来，杜审言就是一块金子铸成的宝剑，终将会被重新发现，终将会重见光明，他再次以典入诗，在忧伤、不平中寄托对朋友的厚爱和关心。这时的宋之问，仿佛全然忘却了自己是个病人。

人生得一知己足矣！

人生什么时候不寂寞？

有一个或几个宋之问这样的朋友不寂寞。

回乡偶书

贺知章

少小离家老大回，
乡音无改鬓毛衰。
儿童相见不相识，
笑问客从何处来。

文章本天成

贺知章是在86岁那年，辞去朝廷官位，告老还乡的。他的家乡在古代的越州永兴，也就是现在的浙江萧山。从他离开家乡的那一刻起，到他重新踏上故土的这一刻止，已经50多年没回家乡了。50多年，半个多世纪，短暂而又漫长，短暂的是生命易老，漫长的是时光依旧。世事沧桑，物是人非，在感慨喟叹之际，贺老先生“偶”得其诗，让我感兴趣的是，这个“偶”字，正是陆游“文章本天成，妙手偶得之”诗句中的“偶”字——心底有诗，偶尔得之，这就是好诗、大诗的境界。

诗人踏上了故乡的热土，天还是那片天，地还是那片地，一切都似曾相识而又备感陌生；而从少小离家，到老大才回，中间隔着跨越数十年时空的迢迢路途，其久客伤老之情跃然于字里行

儿童相见不相识

间。话说的还是家乡话，乡音可亲，如春风拂面，声声入心入耳；只是人老了，头发白了，时光依旧，青春不在，让诗人好生感伤。其实对于诗人而言，从古至今，诗人似乎都是无根的漂木，自我放逐，浪迹他乡，他乡即故乡；但这只是表象，诗人的故乡不仅仅在诗中，还在心中，故乡永远是故乡，如同月亮永远是月亮。

贺老先生手扶拐杖，颤颤巍巍来到了村口，碰到了一群嬉闹的孩子，笑着问他老爷爷是从什么地方来的？这看起来很正常，诗也似乎很轻描淡写，还充满了童趣味。但在诗人心里，却有穿心蚀骨之痛。老人从何处来呢？有问无答，了无痕迹，不经意间，他已被反主为宾了。我想，在那一瞬间，他的年迈之躯和他的沧桑之心，一定都受到了重重的一击，差不多就要老泪纵横了——我还能从哪里来呀，我也不是什么客人，这里原本就是我的家！

这是一首朴实无华的诗，写久客伤老之情以“老大”暗寓悲苦，写被反主为宾之痛却借儿童“笑问”，既不用典，也不用籍，妙手偶得，浑然天成。我们常说，要向古人学习，要传承古人之诗歌传统，现在86岁的唐代诗人贺知章就在这里，他的《回乡偶书》就在这里，我们就好好学学他吧——让每一句诗行，都从心底深处自然而然地流淌而出。

登幽州台歌

陈子昂

前不见古人，
后不见来者。
念天地之悠悠，
独怆然而涕下。

看见了古人但没看见来者

陈子昂是唐代诗歌革新的先驱，24 岁中进士，38 岁辞官回家，被一小人县令害死狱中。他的文学革新主张和创作实践有力地冲击了初唐诗坛上的齐梁遗风，为盛唐诗歌的繁荣立下了汗马功劳，代表作有《感遇》三十八首和这首久唱不衰的《登幽州台歌》。

这是一首很多人都耳熟能详的诗，当然也是为世人所传诵的名篇佳作。前不见古人，这古人都是谁啊，让陈子昂怆然泪下。他登上了幽州高台，眺目远望，但看不见他想见之人，战国时代的贤明君主燕昭王；往前看看不见，他转过身来往后看，像燕昭王那样的明君不可复见，更不用说后来者了，陈子昂又忍不住潸然泪下；不见，还是不见，那他在高台之上究竟看见了什么——看见了天地之大，宇宙茫茫，光阴似箭，日月如梭，因而他深感生不逢时，孤独寂寞，不禁悲从中来，泪水再次打湿衣襟。

念天地之悠悠

陈子昂曾为武则天大为赏识，是一位具有远见卓识和政治抱负的文人雅士。但由于时常直言上谏，批评朝政，针砭时弊，也让武则天所大为不满，曾一度因“逆党”株连下狱。万岁通天元年（696年），契丹李尽忠、孙万荣等攻打营州，陈子昂曾受武则天所派，与武攸宜率兵讨伐。但这次征讨以失败告终，陈子昂再次主动请缨出击，遭到拒绝，反因直言不讳而由幕府参谋降至军曹。挫折、打击、忧伤、无奈，让诗人内心翻江倒海般起伏难平；欲爱不能，欲罢不忍，让诗人又如乱箭穿心般刺痛难忍；眼看报国无门，空有一腔热血和诗才，诗人登上了幽州之台慷慨悲歌，将怀才不遇的苦境含泪吟哦，任悲凉之气在空旷辽阔之域随风飘荡；我们也由此看到了幽州高台之上，兀立着一位心志高远却似乎无路可走只有拈须长叹的诗人形象。

我常想，如果换一种场景，如果陈子昂是在心情酣畅之境登上幽州台，风吹长须，他仰天长啸：前不见古人，后不见来者……那他一定会吟出一股笑傲千古的高古之气，仿佛天地间仅他一人在顶天立地，他也因能思接千载视通万里而泪如泉涌。只可叹，这只能是我的想象。

生时已晚，无由与以前的先贤们一起吟诵清风明月，有幸的是，再次登上幽州台，我们看见了陈子昂依然兀立于此；只是，我同样看不见后来者，在这个“天下攘攘，皆为利往”的当下，后来者又在哪里呢？假如有一群刚刚放学的孩子路过此处，我一定会和他们一道，一起吟诵这首《登幽州台歌》：“前——不见——古人，后——不见——来者。念——天地——之悠悠，独——怆然——而涕下。”

登鹳雀楼

王之涣

白日依山尽，
黄河入海流。
欲穷千里目，
更上一层楼。

独步千古

王之涣是晋阳（今山西太原）人，性格豪放不羁，常击剑悲歌，做过地方小官，有才有德有胆，因此常遭小人算计。生性耿直的王之涣，不屑与他们为伍，索性弃官而去，把自己放牧于大自然。他是盛唐时期的重要诗人，尤以边塞诗著称，可惜他的作品大都失散了，传世之作仅存六首，《登鹳雀楼》堪称艺术成就最高。

鹳雀楼在今山西省永济县的西南方，据史书记载："河中府鹳雀楼三层，前瞻中条，下瞰大河。唐人题诗者甚多。"又因鹳雀时有栖息其上，故被称为鹳雀楼。鹳雀常来，游人常来，文人骚客也常来。游人中有人写下"到此一游"之类大煞风景的文字，一阵风沙吹过就不见了踪影；诗人就不同了，李益、王之涣、畅当等诗人都为鹳雀楼写过诗，其中李益的"迴临飞鸟上，高出世尘间。天势围平野，河流入断山"可谓脍炙人口；但很遗憾，王之涣的《登鹳雀楼》写在李益这首《登鹳雀楼》之前，所以后人大都因诗而慕名王之涣，对李益却陌生了起来。

白日依山尽

在唐代诗人中，王之涣似乎是诗运比较好的一位。和这首一样，他的另一首诗《凉州词》，也写到了黄河——这一首写天黑以后，河水汇入了大海；而在他的另一首《凉州词》中，河水竟流到了云层里，一个写实，一个写虚，都成了独步千古的名诗名篇。据唐人薛用弱在《集异记》中记载：一天，王之涣与王昌龄等三位诗人到酒店小饮，逢梨园伶人唱曲宴乐，三人便约定以伶人演唱各人所写诗篇的情形定诗名高下，虽然三人的诗都被唱到了，但诸伶中最美的一位女子所唱的则为“黄河远上白云间”。也许这只是众多名人轶事中的一条，但这足以说明王之涣的诗名之高，其诗作也广为流传。

王之涣作为鹳雀楼的常客，这一天又登楼眺望，落日之下，连绵起伏的群山若隐若现，仿佛正在视野的尽头慢慢沉没；而奔腾不息的黄河之水，正千回百转地流入浩浩大海，其气势之磅礴，气象之开阔，让我们如临其境，如入其景。这首诗前两句朴素无华，画面生动，却将远水近山尽收眼底，将当前景与意中景合二为一。有评论家指出，王之涣的这两句诗有“缩万里于咫尺，使咫尺有万里”之势，这种评价再恰当不过了。但诗人还要极目远眺，因为他要站得更高，他要在最高处去看最远处的风景。我以为，此时此刻，天色已晚，居楼顶之高，也看不到什么了，而诗人之所以“上一层楼”，是一种心智高远的象征，是他高瞻远瞩的胸襟的体现。试想，一个诗人若唯唯诺诺，蝇营狗苟，在阴暗之处揣摩心计，他岂能写出如此旷达、骨高气夺的千古绝句，那是连想也不用想的事。由此可见，王之涣之所以备受读者喜爱，不是因为别的，而是他是一位用作品说话的诗人。

读王之涣这首诗中的“黄河入海流”，让我想到大诗人李白笔下的“黄河之水天上来”，都是黄河之水，却在去与来之间，尽展异曲同工的大美。看来，即使是同一河水，每个诗人也都有自己的写法；而我们这些后来者的笔下，是否有一管之墨，属于自己视野和心中的黄河呢?

过融上人兰若

孟浩然

山头禅室挂僧衣，
窗外无人溪鸟飞。
黄昏半在下山路，
却听泉声恋翠微。

穷则独善其身

孟浩然一生仕途失意，又被疾病所困，苦闷和孤独是很自然的事。但他又不愿与“戚戚于贫贱，汲汲于富贵”（韩愈语）的趋炎附势之辈同僚，也不屑与“伺候于公卿之门，奔走于形势之途，足将近而趑趄，口将言而嗫嚅，处污秽而不羞，触刑辟而诛戮”（韩愈语）的无耻文人为伍。因此，穷居野处的隐居生活，放浪形骸的不羁之旅，濯清泉以洁身自好的思想品质，和或登高以远眺或坐茂树以终日的安适闲宜，几乎成了他生活的全部；而在天空大地之间和前无古人后无来者的时空之中，孟浩然的笔下无论是春风春鸟，秋月秋蝉，还是夏云暑雨，冬月祁寒，都能发乎于心并寄情于山水田园。

孟浩然亲山爱水，远山近水或远江高山都是他常去之处。这一天，在山间游玩的诗人似乎有点累了，他便来到融上人的禅房小憩。僧人居住的地方，大都空净闲适，他在禅房里看见一领僧衣挂在墙上，知道此刻融上人没有功课，但却不知融上人去了哪里。他推窗眺望，窗外杳无人迹，却见一群水鸟在飞来飞去，水鸟自由自在，时而衔枝鸣唱，时而啄食鱼虫，像一幅美不胜收的流动着的画面，更像是一幅宁静、纯美、诗情、画意的幽居图，而这种胜景，正是诗人所心驰神往的。伫立良久之后，不知是诗人走出了禅房，还是融上人已经返回，他们相遇了。他们谈了些什么——是鸿雁不来还是落花无言？是月升东斗之上的高古之境还是杳杳清钟之声中的万念毕澄？我们不得而知。但可以想象的是，一位是怀才不遇的隐逸诗人，一位是吟诗诵经的清淡僧人，他们所谈的，一定与自然、禅理、山水、田园有关。这些诗中没有交代，只是夕阳西下黄昏来临了，诗人不得不在依依不舍中，告别融上人，走在下山的路上，一步步返回他的隐居地。但此刻，他依然是人下山去心在山上，泉水叮咚，泉水清澈，泉水里树影浮动，花开无限；而田园的宁静、禅院的闲逸和山林的静谧，让他苦恋着心中的“翠微”。

窗外无人溪鸟飞

“翠微”是指什么呢？南梁诗人何逊有诗云：“远江飘素沫，高山郁翠微。”这里的“翠微”指的是山色的青翠宜人，但在孟浩然心中，“翠微”是他心志高远、独善其身的象征。高手述作，妙在一个“恋”字；一个“恋”字，在不露声色中悄然出现，让远离尘世之人的精神走向不断升高，直到让身与心都融入到自然的怀抱。

愿我们每个人心中都有一个“翠微”。

愿我们每个人都爱恋着心中的“翠微”。

出塞二首（其一）

王昌龄

秦时明月汉时关，
万里长征人未还。
但使龙城飞将在，
不教胡马度阴山。

关山明月之外

王昌龄是古称京兆、今陕西西安市人，是盛唐时期的著名诗人，在当时有“诗家夫子王江宁”之称，最擅长七言绝句。作为诗人他出类拔萃，但官场却并不得志，唐玄宗开元十五年进士，曾任秘书省校书郎，后来屡屡被贬，直到最后被贬为龙标；安史之乱后，他背起行囊弃官还乡，很不幸，走到安徽亳州时，被刺史闾丘晓杀害，一位盛名于盛唐的著名诗人，就这样不明不白地死于乱刀之下。

王昌龄写的边塞诗很多，有《从军行》七首，像“琵琶起舞换新声，总是关山旧别情”、“黄沙百战穿金甲，不破楼兰终不还”、“大漠风尘日色昏，红旗半卷出辕门”等等名句都出自他之手。这首《出塞》是乐府诗，乐府诗常被谱成乐章，广为传唱；而为了传唱方便，一些熟语和常用词，常被融入诗中，此诗里的

龙城飞将

“明月”和“关”字，是在当时乐府诗中常见的词语。如《乐府解题》中说“关山月，伤离别也”；如徐陵《关山月》又说“关山三五月，客子忆秦川”；再如卢思道的《从军行》“关山万里不可越，谁能坐对芳菲月”……纵观当时的乐府诗，无论是客子思乡，怨妇怀远，还是边关遥寄，壮士从军，都离不了“关”和“月”；其实，这两个意象，王昌龄在自己的第一首《从军行》中也写过：“更吹羌笛关山月，无那金闺万里愁。”对于前人用过，连现代诗人都常常使用的词，当年的王昌龄在诗中再次使用，仿佛也有被滥用之嫌。但诗人的高明、奇妙之处在于，关山明月之前有秦汉，上下几千年，极目万里外，一派苍茫雄浑，把秦代筑关备胡、汉代关内战胡的事件描写得有声有色，以“秦”、“汉”加以定语者，仅此一人。如此高妙的写法，为诗的起承转合埋下了伏笔——万里长征，多少人征战沙场，抛洒热血，再也回不到故土；为了不让胡兵入侵，打过阴山，那些龙城飞将前赴后继，英勇杀敌；而这些，都是自秦汉以来共同的悲剧。

王昌龄用最朴实、最普通、最简单的词语，写下了这首不朽名篇。我以为他制胜的关键，不在“关山”和“明月”，这两个词谁都会说会写，而在“秦时”和“汉时”，时光被限定了，在秦与汉之内；一般人，许多人，我等之人，说得出，想不到，更未必写得出。关于这首诗，明代诗人李攀龙曾大加赞赏，称它是唐人七绝的压卷之作，可见此诗之精妙，意境之深远，值得灯下品茗时，慢慢咀嚼与回味。

过香积寺

王　维

不知香积寺，
数里入云峰。
古木无人径，
深山何处钟。
泉声咽危石，
日色冷青松。
薄暮空潭曲，
安禅制毒龙。

不见针线之迹

唐代著名诗人王维，以山水田园诗著称于世，有诗佛之谓，与诗仙李白、诗圣杜甫在唐代诗坛鼎足为三。

诗人须以拙笔生花才称之为大诗人，王维当然不例外，他明明去了香积寺，看了古木山林，听了石语泉声，却开口即说“不知香积寺”。要是换了我，去了即去了，写了即写了，见山写山，见水写水，岂敢像王维这样知者说不知，还唯恐他人恐我不知呢！

香积寺是一座临近长安之山的寺庙，掩映在雾岚层林之中，静谧而安详。王维既是诗人，又是佛徒，自称维摩诘居士，名和

白云之约

字都取自佛教《维摩诘经》。半生为官所累的他，想去香积寺寻找空灵之境，于诗于佛，都是再自然不过的事了。设想诗人在一场微雨过后，踩着湿滑的苔藓，一步步向山中走去；走不数里，他便步入了云遮雾绕的巅峰，仿佛置身云间。此时此刻，他似乎物我两忘，于“不知”间渐入佛禅。他继续前行，小径无人，古木参天，偶有钟磬之声，又不知从何处飘来，他也不想知道从哪里飘来。直到他听见了泉水流经悬石的声音，直到他在一抹斜阳中看见了松木的色彩黯淡下来，他才止步站定，用来自天籁的钟磬之音，用来自大自然的泉水和清风，洗濯生命中的尘埃和积垢。再回头看看诗人这一路走过时的心路历程吧——在见与不见、知与不知、此处与何处中寻寻觅觅；在古木深山、钟音泉咽、日色青松的山水画卷中迷失自己。作为盛唐的诗歌高手，他也于不露声色之中，用他若隐若现、若有若无的诗人的脚印，引领我和众多阅读者一道，去赴一次白云之约。

王维也属仕途不坦、怀才不遇的才子，安禄山叛军陷长安时，被迫做伪职。平乱后，被降职使用，曾做过尚书右丞，一直过着亦官亦隐的生活，焚香、诵经、抚平心事是必不可少的。因此，只是古木、危石、磬声、松影和白云之约还远远不够。片刻的停留之后，他又移动了脚步。终于，他来到了香积寺，在佛香散漫的“薄暮”中打坐，在香积寺池水的“空潭”前安禅。打坐也好，安禅也罢，他的目的已经再清晰不过了：他要制服自己心中的“毒龙”——私欲、杂念、贪心、病诟，而只有这样，王维、你、我、一切之人，才能在物欲横流中找回内心的安详和宁静，用清灵动宕的翅膀放飞心境和梦想。

清人赵殿成在《王右丞集笺注》中对王维的这首诗曾有批注，称他的诗“灭尽针线之迹，非自盛唐高手，未易多觏”。一个诗人若能在写作中灭尽针线之迹，洗尽铅尘，那么，他呈现给读者的，当是过目不忘又被世世代代所传诵的名篇佳作。

静夜思

李　白

床前明月光，
疑是地上霜。
举头望明月，
低头思故乡。

失眠者说

明月高悬，夜深人静，诗人李白失眠了。

大朵大朵的月光，越过幔帐，直披床前，像秋霜一样冷气逼人。

他乡即故乡，而故乡又在哪里呢？此刻，李白耿耿难眠，无药可救，无酒浇愁，举首垂眉间，全是不尽的怀想与无助；而故乡正在明月以远，远得无力涉足，不可企及；这个月夜静啊，寂静得松针落地的声音都能听到，诗人只能看着斗转星移，在旅思秋怀中无限感伤……

关于诗人的故乡，有很多传说，但四川的江油，我去过，是在李白诞辰日。当时，来自中国、法国、韩国、日本的二百多人参加了活动。我们伫立在李白雕像前，以不同的语言，同声朗诵着李白的《静夜思》，仿佛每一个人的精神世界里，都撒满了诗人酿制的、纯白的月光。

诗人写月光月色者不乏其人，以秋霜喻月光者虽有梁简文帝的“夜月似秋霜”，和张若虚的“空里流霜不觉飞”，但他们的“霜”似乎和李白的“霜”不一样。李白笔下的霜，是一种夜不成眠、短梦初回时的幻觉之霜，如坠雾中，如入云间。

那不眠之夜，他都想到了什么——亲人？儿时的伙伴？水溪旁的老榆树？老树下洗衣的少女？夕阳下负重的老牛？一声两声的狗吠和蝈蝈们或长或短的叹息。他一定想到了年华易逝，时光不再；也一定想到了秋萧寒夜中的诗人客居他乡的命运……

静夜思

这是一首几乎每个中国人都会背的诗，连牙牙学语的孩童也不例外，说出的远比想说没说的少得多，都暗含在了字里行间之中；古人说，绝句盛唐唯李白——舍他还能有谁呢？这是一首“无意于工而无不工者”之诗，思来想去，似乎只有“朴素”两个字，才能解释这首诗的无意而工和无处不工——这首诗朴素得近乎直白，朴素得如同开口即出，浑然无迹，明白如话，没有精工华美的雕琢，没有夸张深邃的想象；但就是这样一首朴素之诗，却绝妙古今，在淡淡的伤怀与思乡中，为人们所过目不忘，为人们所千古诵读。

让我们也像李白一样时常举头望月吧，不一定感伤，不一定思乡，也不一定要想念爱情和往昔，就在失眠时，疲劳时，惬意时，或不经意时，看看头顶那枚月亮，在月光的沐浴下，洗涤我们的肉体和灵魂，放松我们的神经和身心。

不　见

杜　甫

不见李生久，
佯狂真可哀。
世人皆欲杀，
吾意独怜才。
敏捷诗千首，
飘零酒一杯。
匡山读书处，
头白好归来。

诗酒同飘零

杜甫和李白，自天宝四年在兖州分手，已经整整 15 年没见面了；这 15 年，杜甫或客居成都，或放逐山水，但无论人在何处，都时刻牵挂和思念着李白。忽一日，杜甫从文友那里得知，李白在流放黔地夜郎的途中获释，悲感交集之中，他抑制不住内心积蓄已久的情感，写下了这首倾吐心曲之作。

李白是诗人，又是诗人中的狂人，不满现实，怀才不遇，吟诗纵酒，笑傲公侯；心存远大的理想抱负，却又不得不佯狂避世，常以狂放不羁的态度来抒发内心的愁情苦绪，他那句“我本楚狂人”正是他真实面貌的写照。历朝历代都有奸臣小人，李白时代的永王李璘一案，李白无辜受牵连，那些平素恨李白、嫉妒李白、怕李白的人，这下以为机会来了，叫嚷着要以“乱臣贼子”的罪名置李白于死地。杜甫是李白的诗歌兄弟，诗品人品，酒德傲骨彼此了如指掌，因而在一片“皆欲杀”的浊音之中，唯有他一人“独怜才”。杜甫在李白被奸臣落井下石之后，力挺李白，既怜且哀，悲从中来，他还曾写下《寄李十二白二十韵》一诗，以苏武黄公比李白，坚称他不是叛臣，又以贾谊、孔子之典以喻李白的政治抱负，并为他欲济世而不得的悲剧不平而鸣。这样的情谊，不是推杯换盏中的情谊，也不是诗人间的情谊，当一个人落难时，另一个敢于拍案而起为之鸣不平，这才是真情；而落井下石者，只能是可悲复可怜的小人。

鸿雁几时到

酒能浇愁，何以解忧，唯有杜康。李白被流放后，以酒相伴，以诗为友，酒浇其心中之垒块，诗慰藉愁苦之心灵。杜甫的“敏捷诗千首，飘零酒一杯”，其情可鉴，其苦绵绵，读来让人眼睛湿润。他是在写李白，其实也在写自己——与李白情同手足的杜甫，也与李白有着相同的际遇，他曾因疏救房琯而被逐出宫廷，“怜才”也是怜己，抒挚友之爱，也是喟己之痛，可见他们之间深厚的情谊。“文章憎命达”，自古以来，文才出众者，总是命运多舛。李白被放逐时，他还写过一首《天末怀李白》：“凉风起天末，君子意如何？鸿雁几时到，江湖秋水多。文章憎命达，魑魅喜人过。应共冤魂语，投诗赠汨罗。”不仅从被流放到夜郎的李白，想到了被谗放逐、自沉汨罗的屈原，其千回百转的感情的潮水，更是五味杂陈，萦绕心际。

杜甫的这首诗洗尽铅尘，剥落华藻，在看似波澜不惊的平常语言中，写出了对李白的一往情深。特别是结尾两句，那种盼李白归来的心情更是急切难抑。快回到大匡山来吧，这是家乡，是童年捉鱼玩耍的地方，也是仰月夜读、铁杵磨成针的地方，衰老又何妨？白头又何妨？你居江油大匡山，我住成都茅草堂，“不见李生久”当可改成“常与李生酒”了！

寄左省杜拾遗

岑　参

联步趋丹陛，
分曹限紫微。
晓随天仗入，
暮惹御香归。
白发悲花落，
青云羡鸟飞。
圣朝无阙事，
自觉谏书稀。

白发悲花落

本文作者岑参和杜拾遗是同事，在唐肃宗至德二年至乾元元年间，共仕于朝。岑参任右补阙，属中书省，居右署；杜拾遗是门下省，居左署，故称“左省”。二人官是谏官，但又同是诗人，是诗友，所以友情颇深，就有了这首唱和之作。

杜拾遗就是我们熟知的伟大诗人杜甫，当时他和岑参一个在殿西、一个在殿东侍理皇室之事，常沿着宫廷红色的台阶，一步一趋走向宣政殿去朝见皇帝。这对于两位诗人来说，内心是痛苦的，朝官生活与他们所追求所渴望的生活形同天壤。一方面，宫廷生活空虚、无聊，僵硬、老套，看似阵势庞大威仪，其实无所

白发悲花落

事事，既不安邦兴国，也不除弊兴利，只是虚度光阴而已；另一方面，诗人生性自由，不自由毋宁死，宫廷生活之于他们如牢笼囚身，不由得心生厌恶。什么天仗、丹陛、紫微，在很多人看来那就是荣华富贵、出人头地的资本，对于他们，却备感忧愤和痛苦。

有一天，两人在工作余暇聊叙，岑参对杜甫说，在宫廷里，每天过着日复一日、百无聊赖的生活，朝也上朝，晚也上朝，大好年华光阴虚度，眼看着满头白发，庭院里落花纷纷，心有不甘啊。杜甫一边感叹，一边和岑参抬头看天，一群鸟儿掠过天空，飞向远方，自由而又自在，让诗人不禁喟然长叹，感慨万千，愁生白发。再想想宫廷里那些昏庸、贪婪、不可一世的统治者，误国误民，自诩圣明，拒绝纳谏，更是无比愤慨。因此诗人以隐晦曲折的笔法，绵里藏针，以“无阙事”讽刺朝政的不作为，又以“谏书稀”表现出对唐王朝讳疾忌医、文过饰非的失望和不满。

诗人与诗人间的说话方式是诗意的，也是奇特的，那就是以诗会友，以诗交流心中的感受与想法。当岑参把这首诗写给杜甫后，颇有同感且产生共鸣的杜甫也写了一首题为《奉答岑参补阙见赠》的唱和诗，赠予了岑参：

窈窕清禁闼，罢朝归不同。
君随丞相后，我往日华东。
冉冉柳枝碧，娟娟花蕊红。
故人得佳句，独赠白头翁。

枫桥夜泊

张　继

月落乌啼霜满天，
江枫渔火对愁眠。
姑苏城外寒山寺，
夜半钟声到客船。

夜半钟声

既然是枫桥夜泊，那么读这首诗，就要先从枫桥说起。

枫桥原来并不叫枫桥，而是叫封桥，在现苏州市的阊门外。张继和古今中外大多数诗人一样，喜好山水，其白描手法描写自然风光的作品被广为传诵。一个秋日的傍晚，他来到了封桥，看到月色黯淡，渔火点点，听到鸦鸣若断若续，寒山寺的钟声一下两下悠远深沉，他失眠了，羁旅之愁油然而生，于是写下了这首著名的《枫桥夜泊》。张继诗名很大，这首诗又广为流传，当地人就把封桥改成了枫桥。

感谢诗人张继吧，不是他的这首诗，恐怕封桥永远只能是封桥，一定和这世界上的很多桥一样，散落各处人不知。

再说说寒山寺。寒山寺在枫桥西约一公里处，初建于梁代，唐初诗僧寒山曾住于此，寒山寺因而得名。寒山是诗僧，长期住在天台山寒岩，常把诗刻在山石竹木之上，有六百余首，其诗颇有乐府民歌风韵，风骨幽冷，明浅如话，儿时学过的他的那首《杳杳寒山道》，我至今能背：“杳杳寒山道，落落冷涧滨。啾啾常有鸟，寂寂更无人。淅淅风吹面，纷纷雪积身。朝朝不见日，岁岁不知春。”

如此说来，还要感谢寒山，他若不到寒山小住，寒山寺又叫什么寺呢，落落复寂寂，依然会是不为更多的人所知晓。

夜半钟声到客船

时值秋日月夜，天一黑，所有的渔船都依枫桥停泊，张继作为心怀旅愁的客子，既有触景生愁之景，又是触景生愁之人，水乡纯美，秋夜幽静，当然会诗意大发。月落、乌啼、霜满天、江枫、渔火、失眠、愁绪，这些也就罢了，夜半时分，忽又从寒山寺里传来悠远的钟声。在唐代，很多寺庙有半夜敲钟的习惯，称为夜半钟、定夜钟或无常钟。此刻，在泊卧船上的张继静听疏钟，心中有难以言及的惆怅和缕缕轻愁；当然，船中的张继也早已是人在船上，心飞到船外的景物之中，并与之在无言的交融、契合中诗意盎然了。

《枫桥夜泊》从字面上看，是晚上把船停在了枫桥，但无论是夜泊还是枫桥，其神来之笔都在于寒山寺和它的夜半钟声，这是情与景的交融，也是心灵与自然的对话；诗中有动有静，有明有暗，明暗动静处，皆是愁绪丛生，心潮难平。我曾三次去过寒山寺，未泊枫桥，却在仿佛天籁般的钟声里，想起《楚辞·招魂》中的诗句："湛湛江水兮，上有枫。月极千里兮，伤春心。"

滁州西涧

韦应物

独怜幽草涧边生，
上有黄鹂深树鸣。
春潮带雨晚来急，
野渡无人舟自横。

独怜幽草

读这首诗、写这篇小文章时，我已在一乡野待了半月余，就像那涧边的幽草一样，隐忍，恬淡，清寂中有归隐之境；当然，独怜、自怜也是有的，窗外喜鹊喳喳喳喳，哪知一枚秋叶的凝重与忧伤。

滁州的西涧，又叫上马河，古代是一个荒郊中的渡口，唐德宗建中二年，韦应物被派到滁州任刺史。这期间，不知是兴致所至，新环境让他耳目一新，还是他颇感虽心怀大志，却很难一展抱负；无论是赴任的路上，还是到任以后，总是诗兴大发。时而“寒树依微远天外，夕阳明灭乱流中”，时而“身多疾病思田里，邑有流亡愧俸钱”，时而“淮南秋雨夜，高斋闻雁来”。

韦应物此次到滁州任职，由尚书比部员外郎，获升刺史之任，算是荣升，但他却高兴不起来。唐德宗从建中元年即位以来，朝政每况愈下，内外交困，国库虚空，物价飞涨，苛捐杂税滥征，军阀割据，民不聊生。韦应物看在眼里，急恨在心，虽然想有所为，但实又举步维艰，只能空怀智者之忧，徒有巧者之志，而无用武之地。因此，他曾在赴任的旅途上对僚友说，他此时此刻的心情就像《庄子·列御寇》中说的那样："巧者劳而智者忧，无能者无所求。饱食而遨游，泛若不系之舟，虚而遨游者也。"感伤、忧戚之中，韦应物把自己比作一叶扁舟，虽是赴任，却只能随波逐流！在亦官亦文者中，韦应物是个洁身自好的人。为官，关心民生疾苦；为文，崇尚心质自然。在从 15 岁到 54 岁的亦官亦文生涯中，文不违心，心不违命，更是活出了他在《幽居》一诗中所写的境界："微雨夜来过，不知春草生。"

野渡无人舟自横

韦应物是在一个春天的傍晚来到了滁州城西郊的涧溪，晚雨淅淅沥沥，黄鹂唱鸣声声，唯有幽草清寂地独立于涧边，让他心生爱怜。当然，诗中似乎还有另一层意思，幽草安贫守节，黄鹂居高媚时，诗人心中泾渭分明，爱憎分明，宁做幽草之怜怜，不学黄鹂尽唱媚。天色已晚，人迹稀少，细雨霏霏，春潮涌动，水急舟横，自在悠闲。一句“野渡无人舟自横”，既写了人生苦短、悠然空泊的凄苦，又写出了天大地大情怀无限的旷远与自由。纵观全诗，无论是幽草，还是野渡之舟，都是神来之笔，令人过目不忘。

韦应物的诗受陶渊明、谢灵运、王维、孟浩然等诗人的影响很大，五言古体源于陶，化于谢，真而不朴，被誉为“渊明以来，盖一人而已”。可见韦应物之诗艺术风格之独特，艺术价值之深厚。

游子吟

孟　郊

慈母手中线，
游子身上衣。
临行密密缝，
意恐迟迟归。
谁言寸草心，
报得三春晖。

慈母手中线

孟郊是一位穷诗人，一生穷困潦倒，且官运不佳，46岁进士，50岁才得了一个溧阳县尉的卑微之职。关于官位，孟郊似乎看得很轻很淡，人微言轻，就少管闲事，少理公务，放情山水吧，当然，薪水也只拿一半。穷就更不用怕了，一穷二白，在诗人那里不是负担——有母亲，有母爱，就有阳光和温暖——也因此，如孟郊在《游子吟》题下所注，便有了这首“迎母溧上作”。

孟郊长年过着颠沛流离的生活，对于一位漂而无岸、泊而无位的游子来说，儿行千里母担忧，母爱最是他的不舍、惦记和心

慈母手中线

痛之处。在诗中，一边是慈母，一边是游子；一边是手中线，一边是身上衣；相依为命的母子，难以割舍的骨肉之情绵延在字里行间，催人泪下。孟郊又要辞别母亲浪迹天涯了，此时此刻，母亲老泪纵横，无语而泣，千针万线，密密麻麻，为儿子缝制着衣服；又不知儿子此次远行何时是归期，针针线线都缝得结结实实，其实，母亲的心中是盼望着儿子早日归来呢！朴素的近乎儿歌般的诗句，写出了慈母心中的一片深笃之情——世界上还有什么能比母爱更加动人的诗篇？

苏轼在《读孟郊诗》中说："诗从肺腑出，出辄愁肺腑。"孟郊这首诗，既是诗出肺腑，又是自然流露。在写了慈母无微不至的疼爱后，他笔锋一转，以反问的、自问自答的方式，对于母亲浩荡春风般的温暖，寸草般卑微的诗人，又怎能报答圣洁的母爱于万一呢？我曾认识一位诗歌爱好者，常以祖国为母亲写诗，但由于缺少细节上的力量和美，总是罗列一些大而不当的句子谓之为诗；我告诉他，若要写祖国母亲，须先从写自己的母亲开始，写你熟悉的、生你养你疼你爱你、你活到100岁还把你当做没长大孩子的母亲开始；他尝试着去写，他成功了，他写母亲的诗亲切动人，也因此成为现代诗坛上的一道风景。

韩愈曾称赞孟郊的诗“刿目鉥心，刃迎缕解。钩章棘句，掐擢胃肾。神施鬼设，间见层出”，此言极是。就这首《游子吟》而言，纯朴自然，简洁亲切，无藻绘，不雕饰，春风般荡漾，阳光般温暖；因而，千百年来，引起了无数读者的共鸣，也唤起了普天下儿女们对母亲深挚的忆念和爱戴。

早春呈水部张十八员外二首（其一）

韩 愈

天街小雨润如酥，
草色遥看近却无。
最是一年春好处，
绝胜烟柳满皇都。

空处传神

韩愈在许多诗中都写到张籍，如著名的《调张籍》、《同水部张员外籍曲江春游寄白二十二舍人》和这首天街小雨等。那么，张籍是何许人也？张籍是当时政府中的水部员外郎，是位诗人，也是新乐府的健将之一，曾写过《野老歌》、《牧童词》等著名诗篇，因在兄弟辈中排序十八位，故又被叫做张十八。

韩愈与张籍私交、诗交很好，二人来往密切。一次韩愈邀请张籍、白居易等同游曲江，白居易因雨后泥泞未能成行，韩愈备感惋惜，他对张籍说："曲江水满花千树，有底忙时不肯来？"后来把诗寄给了白居易。这首给张籍张十八的诗，也是写在早春时节游玩时的感受。二月的北方大地上，冰雪尚未完全融化，乍暖还寒，凉意尚存。突然，一场春雨就不期而至了，春雨过后，柳树萌芽，小草发芽，一派勃勃生机，置身其中，赏心、悦目、神怡、心旷。但若有若无的草芽仿佛虚幻之景，当你走近它试图近距离看个仔细时，又看不清色彩的本来面目了。遥看有，近却无，一远一近，一有一无，兼摄远近，空处传神，让人举目低眉之中，如入幻境，给人无穷的想象和神思。

雨是小雨，纤细若露，一滴滴洒在皇城的街道上，润滑如酥；草是芽尖，带土含尘，一叶叶探头探脑，似有似无，但又确实存在着，最是一年春好处，胜过皇城烟柳葱；那皇城的烟柳，是一种喧闹、拥挤，缺乏个性与特色，不值得咏唱。由此，诗人的心情，也随着小雨的淅淅沥沥，和春天的万物一起复苏萌动。这也可以看出诗人敏锐的观察力和高超的用笔之功，美无处不在，关键在于能发现美并能摄其魂魄，让美在诗中常驻常青。

天街小雨润如酥

韩愈是中唐时期著名的古文家和诗人，曾和柳宗元共同领导了古文运动，为唐宋八大家之一。其仕途之路坎坷多变，一次因上书朝廷要求减免灾民税收而获罪，由监察御史被贬为县令；一次因谏宪宗迎佛骨，又险遭杀身之祸，后再度被贬。苦难的磨砺和压榨，非但没有让诗人自弃、毁灭，相反却聚积成财富，让他的诗作同样“光焰万丈长”。

乌衣巷

刘禹锡

朱雀桥边野草花，
乌衣巷口夕阳斜。
旧时王谢堂前燕，
飞入寻常百姓家。

斜阳中的乌衣巷

刘禹锡是我国唐代颇有政治抱负的诗人，三次遭贬，仍抗厉不屈；即便是和柳宗元因参与王叔文革新活动，一个被贬湖湘远郡，一个被流放柳州乡野后，仍矢志不移，他常孤居荒郊，翘首仰望，目随雁归，心存不甘。

此刻，他来到了南京秦淮河的朱雀桥上，一步一趋向乌衣巷走去。时值春日，草长花开，但草是野草，花是野花，诗人描写的并不是满目生机，而是一片衰败的气象。昔日的朱雀桥上车水马龙，热闹非凡，现在行人寥寥，一派狼藉，这不正是昏官奸人们下场的写照吗？东晋时期，乌衣巷是高门士族的聚集区，开国元勋王导和指挥淝水之战的谢安都住在这里，且旧桥上装饰着两只铜雀的堂楼，都是谢安所建。刘禹锡看到眼前的朱雀桥，杂草野花，再看看一抹斜阳之下的乌衣巷，似乎看到了日薄西山时的暮色。往日的熙熙攘攘呢？往日的车马喧喧呢？往日的衣冠贵人呢？往日的鼎盛与繁华呢？俱往矣，都不见了踪影，唯有夕阳西下，唯有朱雀桥上的寂寥和乌衣巷的惨淡……

乌衣巷口夕阳斜

走过朱雀桥，走过乌衣巷，刘禹锡感慨万千，一声声喟然长叹。仰望中，他看见了一只只燕子，旧时的，似曾相识的，曾住在王、谢权门高堂大厅的檐檩之上的燕子。现在，它们不住这里了，它们离巢远去，凌翅一飞，飞到平平常常的老百姓家里去了。如果说这首诗的前两句，是通过朱雀桥、乌衣巷、野花野草、斜阳落日烘托环境，渲染气氛；那么，现在，这群旧时的燕子，飞向了新家的陡然转笔，更是在意想不到中，看见了曾经沧海难为水的凄凉。这种含而不露、寓寄景物的描写，蕴藉着含蓄之美让阅读者咀嚼再三，回味无穷。

《乌衣巷》不仅是刘禹锡最得意的怀古名篇之一，也是让读者久吟不衰的佳作之一，白居易曾经这样评价：“掉头苦吟，叹赏良久”，可见其艺术手法的高妙。

赋得古原草送别

白居易

离离原上草，
一岁一枯荣。
野火烧不尽，
春风吹又生。
远芳侵古道，
晴翠接荒城。
又送王孙去，
萋萋满别情。

离恨如青草

白居易 16 岁时，参加科场应考，是命题作文，凡指定、限定的题目，题前均须加上“赋得”二字。除此之外，还被要求对仗要工整严谨，起承转合要分明自然，全篇要空灵浑成，才能称得上得体。虽然是命题，框囿如此之严，但毕竟还被允许写诗——哪像如今的高考，一纸“诗歌除外”的禁令，把人拒之于千里之外，不知扼杀了多少诗歌才俊，白居易要是生在当下就倒霉了，被喝令禁止写诗，那原上之草，只有一岁一枯，何来一枯一荣？当然，白居易也就不复存在了！

白居易是在 16 岁时，写下了这首千古绝唱的诗歌。据说，

离离原上草

白居易这年自江南入京，携此诗去拜访名士顾况，顾况见他乳臭未干，就对他说：“米价方贵，居亦弗易。”意思是说，京城物价这么贵，这碗饭不好吃啊。名士毕竟是名士，顾况在忠告白居易时，把他姓名中的“居”和“易”放在了“弗”字中间。但当顾况展卷读诗，看到“野火烧不尽，春风吹又生”二句时，立刻刮目相看，赞叹道：“道得个语，居亦易也。”

白居易少年早慧，除了与他天生我才有关，恐怕与他年少时颠沛流离、四处漂泊的生活经历不无关系。他十多岁时，宣武军首领董晋病死，部下举兵叛乱，朝廷发兵讨伐，兵荒马乱中，亲人羁旅行役，天各一方，离乱之苦压迫着少年的心，他曾在一首关于与兄弟姐妹离散的诗中写道：“时难年荒世业空，弟兄羁旅各西东。田园寥落干戈后，骨肉流离道路中。”面对儿时居无定所的苦难和为官后多次被贬的磨难，白居易不仅没有消沉自弃，反而像野火烧不尽的原上草一样，总能在春风初度时，一岁一枯荣地独立于人世。为官，他向民向善；为诗，他诗从心生；诗品人品光照古今。作为一位诗坛巨匠，他悯农述苦，体贴百姓——《观刈麦》，写农人割麦捡麦时的劳作；《村居苦寒》，写风雪交加时贫民的辛酸；《杜陵叟》，写久旱无雨时百姓的悲惨；《卖炭翁》，写卖炭翁天寒衣单、炭贱心冷的悲哀；还有他的《长恨歌》，还有他的《琵琶行》。一个诗人，倘不去有所担当，为百姓歌哭或言笑，那真是枉披了一件诗人的外衣，为诗为文者，当向白居易学习。

再回到这首诗本身。白居易从草原上茂盛的杂草写起，这是生命之草，朴素、自然，有着顽强的生命力。这些野草都是一年生植物，春荣秋枯是必然的命运；但这些野草又根扎大地，不要说是秋天的肃杀，即使是席卷而来的野火，也无法将它们连根铲除；而一旦春风又起，春风化雨，你看吧，一望无际的大草原上又复生机盎然，春色无限。接下来，诗人写到了离别，送别的古道上微风携来的花香扑鼻醉人，翠绿的百草沐浴着阳光摇曳多姿，多么诗情画意的景色啊！但离别的时候到了，依依惜别，依情难舍，这两句一下子回到了题目中的“送别”，回到了原上草，回到了野火和春风，回到了远芳和晴翠，也让离别之情更加愁肠百结，恰如李煜《清平乐》中所言：“离恨恰如春草，更行更远还生。”

江　雪

柳宗元

千山鸟飞绝，
万径人踪灭。
孤舟蓑笠翁，
独钓寒江雪。

钓雪者说

一般人只钓鱼，不信你在电脑里输入“钓”字，下面跟上的一定是一串“鱼”。一般情况下，在冬天钓鱼是很难的，鱼怕冷，大都潜入冰下很深的地方取暖休眠去了。这天天很冷，有彻骨入髓之寒；这天雪很大，大得仿佛劲风吹落了千树万树的梨花；在这天寒地冻雪厚三尺之时，诗人身披蓑笠，乘一叶扁舟而来，独坐寒江之畔，甩钩垂钓，但他并不钓鱼，只钓那纷纷扬扬、扑面而来的寒江飞雪……

古代文人大都命运多舛，磨难多多，那时又没有手机可以发发段子之类的短信休闲解闷，文人骚客们或以诗文言志，或索性倾心于佛，寄情于山水田园。柳宗元也不例外。柳宗元曾参加王叔文革新集团，失败后被贬永州司马，后迁柳州任刺史。革新失败，仕途衰落，谪居荒远，众叛亲离。痛定思痛之后，他抖落身心的尘埃，摆脱纠缠不休的烦恼，在自然山水中过一种心静意远的生活，如他在另一首诗中所写的那样：“闲持贝叶书，步出东斋读。”

独钓寒江雪

先说“江雪”二字吧。未读诗文，却早已感到江面上寒气袭人，再加上大雪压境，雪落江水悄无声息之中，让人无处不觉其寒。而接下来的千山不见鸟迹、万路不见人行的空旷寥远，与千山本该众鸟飞、万路曾经众人行的日常生活形成极大反差，一“千山”一“万径”，一“灭”一“绝”，道出了大千世界的空明凄寒，写出了尘念之灭后新生心念的干净与宁静。请注意，第三句第一个字是“孤”，孤者，柳宗元也；第四句第一个字是“独”，独者，柳宗元也；自上而下，孤独者柳宗元也。其时，他正被南贬永州，谪居荒疠，自放山泽，过着他在《小石潭记》中曾写过的生活：“寂寥无人，凄神寒骨，悄怆幽邃。”诗中的蓑笠翁也是他，翁是老翁，旁若无人，披雪而钓；舟是扁舟，逆水而行，随波逐流——他是众人皆醉我独醒，举世皆浊我独清啊！有人曾把这首诗阐释得过于悲凄，我却不以为然。千山万壑之中，雪落无声，人过无痕，连飞鸟都收拢了羽毛；此刻江面上波澜不惊，一叶渔舟若隐若现，垂钓的老翁只钓雪不钓鱼；诗人早已拂去身心之上的浮尘，陶然于大自然怀抱中的青山绿水了，往日的那些烦恼苦痛，此刻早已随烟云而散了。

柳宗元以写山水游记著称于世，他的山水诗也颇值一读和鉴赏，继王维、孟浩然之后蔚为大家。他的山水诗作多是对自然的描摹、感悟和亲近；值得一提的是，他总是借助自然界的山山水水，观照其孤寂清冷又冰清玉洁的内心世界。这首气韵生动的《江雪》，当属他内心世界的真实写照。

寻隐者不遇

贾　岛

松下问童子，
言师采药去。
只在此山中，
云深不知处。

云深不知处

贾岛问童子：你师傅呢？

童子答：采药去了。

贾岛问：去哪里采药了？

童子答：就在这大山里。

贾岛问：能去把他请回来吗？

童子答：这山云深雾大，我不知师傅在哪座山峰啊……

一问一答，这首诗似乎就这么简单；问者急切，答者自然，一首诗似乎就在简短的对白中戛然而止。但且慢，此诗其言甚简，但问答的过程可能并没那么简洁，除了像前面那样有问有答，也许是另一番情景。贾岛一而再再而三地追问，童子有问必答。由于诗人想见朋友心切，这些追问自然都在情理之中。但可以想象，当童子告诉诗人，师傅采药去了，他一定若有所失；当童子又告诉他，师傅在云深不知处呢，找不回来，诗人一定大失所望，只能一声叹息了。

云深不知处

这是对话的场景，但现在，诗人要写一首《寻隐者不遇》，只有20个字，必须拿出他的看家本领：苦吟加推敲。他首先采用了以答句包含问句的手法，先说出了后果，前因也自然就在诗中了；然后再去删繁就简，简笔写繁情，尽在言外之意；再者就是不着一色，白描无华，浑然天成；在诗中，隐者始终没有出现，始终“躲”在“云深不知处”，但他深山采药、济世人间的品质成就了一个真隐士的形象；诗人仰慕而不遇，是妙笔生花之所在，在“推”与“敲”中，化想见为“不遇”，非贾岛这样的苦吟诗人而不能为之。

贾岛少年为僧，后虽还俗，但屡试不第，仕途茫然，身心俱累，常倦鸟归林般云游或栖身荒山古寺。但无论身处何地，诗都是他的安身立命之道，其“推敲”轶事，更是广为流传。一天，贾岛骑驴外出，忽得诗句：“鸟宿池边树，僧敲月下门”，为了揣摩是用“推”还是用“敲”，在驴背上做推敲之势，竟撞了京兆尹韩愈的仪仗队。这本该治罪，不想韩愈非但没有责备，反而对贾岛说："作敲字佳矣。"从此两人成为情同手足的好朋友。

前面已经说过，苦吟加推敲，是贾岛写诗的两大法宝，也正因为如此，他才写出了值得后人反复玩味和苦吟的《寻隐者不遇》等著名诗章。"一日不作诗，心源如废井"，让我们甘于寂寞，向诗而生，像贾岛那样去热爱、去善待神圣的诗歌吧！

得乐天书

元　稹

远信入门先有泪，
妻惊女哭问何如。
寻常不省曾如此，
应是江州司马书！

情何以堪

元稹和白居易有着很深的友谊，平素里唱酬往来甚多。唐宪宗元和十年三月，元稹因弹劾和惩治不法官吏，同宦官刘士元冲突，被贬到位于川府之内的通州任司马。时隔不到半年，他又得到一个悲愤的消息，他的挚友白居易，因上书要求逮捕刺杀宰相武元衡的凶手，得罪权贵，也被贬了，从西安贬谪位于江西境内的江州。深厚的友谊，悲悯的诗情，共同的命运，把两颗敏感而苦难的心连得更紧了。他们诗书往来频繁，满纸情真意切，每每催人潸然泪下。

元稹在某一天突然收到白居易诗书时，正在病中，当时他害了一场疟疾，生命垂危；但他还是“垂死病中惊座起”（《闻乐天授江州司马》），于瘴乡独处，残灯无焰，雨入寒窗之中破泪展读——为自己的命运，也是为白居易的命运，同是天涯沦落人，

得乐天书

满纸尽是辛酸泪。诗人手持远信，以泪洗面，不能自抑。这时妻儿相携入门，见元稹以泪洗面，惊疑而不安。于是，“妻惊女哭问何如”，元稹不语，任书信在手中抖瑟，昏君无德，迫害忠良，他又能向病妻弱女说些什么呢？而相濡以沫的家人似乎也明了，是江州司马白居易白乐天来信了，元稹的泪是为自己更是为情同手足的白乐天而流的啊！

在元稹和白居易双双遭贬谪的日子里，两人同病相怜，以诗言志。白居易闻元稹不幸，写诗相赠“枕上忽经起，颠倒着衣裳”，听到送信人敲门，一跃而起，连衣服都穿倒了；元稹闻白居易被贬，则从垂死中挣扎着惊坐而起，这种陡然一惊，万千语言尽涌心头，酸甜苦辣百味杂陈。两人一个在通州，一个在江州，千里迢迢，通信之难难于上青天。于是，元稹常在病中苦吟：“山水万千书断绝，念君怜我梦相闻。我今因病魂颠倒，惟梦闲人不梦君！”（《酬乐天频梦微之》），“明朝又向江头别，月落潮平是去时。”（《重赠乐天》）……

小诗虽小，却以抒情见长；小诗不小，又包容天地人心催人泪下。情何以堪？尽在诗中，你来我往，嘘寒问暖，血泪交融。每每捧读元稹这首小诗，忍不住感叹如今文人的来往，情又何以堪？不语。刘熙载在《艺概》中说：“常语易，奇语难，此诗之初关也；奇语易，常语难，此诗之重关也……”元稹早已过了初关，当然，他也早就越过重关了。

咏怀二首（其二）

李　贺

日夕著书罢，
惊霜落素丝。
镜中聊自笑，
讵是南山期。
头上无幅巾，
苦蘖已染衣。
不见清溪鱼，
饮水得相宜。

清纯的清溪鱼

古代文人，尤其是诗人，大都有不幸的或不尽如人意的遭遇，李贺亦然。他因不得举进士，赋闲在昌谷家中，山清水秀难除心中垒块，云卷云舒不解怀才不遇，因此嗟叹之诗一首接一首地写出来了。关于咏怀，他写了两首，第一首是借西汉大文学家司马相如弃官闲居之事，抒发自己的怨愤之情。司马相如在茂陵赋闲的日子里，既有青山绿水环绕，又有卓文君和琴弦声声相伴，正所谓“绿草垂石井”、“弹琴看文君”，汉武帝虽然对他弃之如断梗，但他却僻处一处，自得其乐。现在自己也像司马相如一样，蜗居一隅，英雄无用武之地，心中的苦楚又有谁人知晓呢！

咏怀看似是写司马相如，其实是写他自己。据前人记载，李贺每天都会骑着毛驴外出感受自然风光，每每灵感忽至，就随手记在纸上，装入身边的锦囊。晚上回到家中取出，灯下修改抄录。李商隐《李长吉小传》中说：“研墨叠纸足成之，非大醉及吊丧日率如此。”可见他的用心、勤奋和执著，也正因为如此，后人又称李贺为“苦吟诗人”。

溪鱼饮水

苦吟诗人一天在夕阳西下时，刚刚写完一首诗，忽然发现头上丝丝白发如霜落地，不禁感慨万千，叹“老”嗟贫；当李贺又在镜中看到自己因终日愁苦，而未老先衰，在悲观绝望中苦笑着摇了摇头——南山是不老之山，象征着寿比南山；此时的李贺，又岂敢想象着自己能像南山一样健康长寿啊。当年诗人在落举回到家乡后，除了离家时的几本书，仍是行囊空空，虽然有弟弟的美酒相待，但还是忍不住悲从中来，他在《示弟》一诗中表达过同样的心境：“病骨犹能在，人间底事无？”诗人一方面写了自己病骨支离，侥幸活着回到了家乡这一不幸中的万幸，另一方面又抒发了愤世嫉俗的情怀和沉沦不遇的感慨，与这首咏怀异曲同工。李贺的这首咏怀，前面写到未老先衰，后面又写到了一贫如洗——头上没有帽子，也不裹幅巾，身上穿着用苦蘖染的黄衣，此情此景与乡野之人无异，又怎一个“苦”字了得！

我之所以喜欢咏怀其二，是因为诗的最后两句深深打动了我。如果说前面的苦啊穷啊悲啊老啊什么的如筑坝蓄水，那么现在诗人开闸放水了，有距离，有落差，当然也有让人意想不到又流水声声的艺术效果。“不见清溪鱼，饮水得相宜。”假如诗人再一味地苦下去，这首诗也就被他写死了，但他忽然宕开一笔，有水有鱼——那些生活在溪水中的鱼儿，除了水，任何可吃的东西也没有，不照样活得悠然自得、清纯自在吗？一瞬间，诗人超然物外，如释重负，获得了心灵的观照和自由。

谢亭送别

许　浑

劳歌一曲解行舟，
红叶青山水急流。
日暮酒醒人已远，
满天风雨下西楼。

谢亭离别处

谢亭，又叫谢公亭，在安徽宣城城北，是南齐诗人谢朓任宣城太守时所建。谢朓曾在这里送别朋友范云，后来谢亭就成了宣城离别之地的象征。而一次次离别，一次次感伤，让风景秀丽的谢亭，也似乎多了一份离愁和柔美，连大诗人李白也曾在《谢公亭》一诗中云："谢亭离别处，风景每生愁。客散青天月，山空碧水流。"

此刻，许浑和友人又来到了谢亭，到这里来，显然是为了握手言别。他送的是谁呢？我们不得而知，这似乎并不重要。关键是，好友要乘舟而去了，那心中的不舍与惆怅袭上了心头，且挥之不去。于是劳歌一曲，缆解舟行，水随风动，渐行渐远，心中尽是不舍，却又能奈何？时值深秋，花黄草病，唯有红叶满目，江水盈盈，朋友不时回首相望，许浑伫立岸边频频挥手，美好的景致，却挽留不住朋友的身影，是离愁，也是别赋。

谢亭送别

江面上，水流湍急，一叶小舟若有若无，渐渐地从诗人的视野中消失。天几乎完全黑了下来，怅然若失的诗人并没有急着离开，而是在谢亭坐下，一杯复一杯地自斟自饮起来。不知不觉中，竟有些微醺，迷迷糊糊睡着了。一觉醒来，如梦初醒，朋友呢？舟船呢？都不见了踪影；风雨乍起，风大雨急，朋友该不是随着满天风雨驶到云天之外去了吧？几多愁情，几多苦绪，只有从无言的守望中独自走下西楼，任凄风苦雨一阵紧似一阵地敲打孤独、无奈的心境。

如何把一首送别的诗写得凄美动人，李白似乎在前面的诗中给出了答案，而许浑更是通过劳歌、行舟、红叶、青山、水流、日暮、醉酒、风雨、西楼等意象，隐直抒离愁于寄托之物之中，通过特殊的场景描摹，将依依惜别时的萧瑟凄清、不舍无奈抒写成了一种神伤却不言神伤的神韵。由此看来，谢亭离别处，悲苦的是内心，生愁的当是“山空碧水流”的风景。

初冬夜饮

杜　牧

淮阳多病偶求欢，
客袖侵霜与烛盘。
砌下梨花一堆雪，
明年谁此凭栏杆？

砌下梨花一堆雪

杜牧是京兆万年（今陕西西安市）人，有政治抱负，但一生不得意；在晚唐诗坛上影响较大，尤以绝句见长，又擅长赋和古文，与李商隐齐名，人称“小李杜”。杜牧不惑之年时，受时任宰相李德裕的排挤，被贬为黄州刺史，后又转池州、滕州等地，受尽了屈辱和磨难。苦难和诗人是一对孪生姐妹，从古到今莫不如此，诗歌就是诗人排解苦难的宣泄口。此时的诗人冬夜秉烛，借酒消愁，写出了这首脍炙人口的《初冬夜饮》。

淮阳，指西汉时期的汲黯，以直言不讳著称，屡次切谏，每每遭遇被贬，出任东海太守时已是大病缠身，一病不起，但仍念念不忘世事；淮阳任东海太守时，曾流着泪对汉武帝说：“臣尚有犬马之心，今病，力不能任郡事。”想留在京师做事，但被拒绝，最后抱病而死。杜牧以汲黯自喻，汲黯因直言上书屡遭不幸，自己又何尝不是如此得罪了宰相？月隐星疏，悲愤难平，何以解忧？此境此景，他想到了酒，想到了夜饮；饮酒求欢，物我两忘，不能浇半世之愁，却能求片刻之慰藉。于是杜牧秉烛独饮，半截烛光，在寒风凛凛中飘忽不定；酒是浊酒，思乡之念，流徙之苦，孤寒之心，尽在一杯残酒中，饱含了多少辛酸和苦痛？这夜饮，这寒霜，这烛盘，又平添了多少忧伤和无奈！

初冬夜饮

如题所示，这是在冬夜守烛孤饮，诗人本想以酒浇愁，抽刀断水，但仍无济于事。他索性放下杯盏，推窗远视，任寒风破窗而入，吹摇骨髓，以期能唤醒穿心蚀骨之痛；但见朔风阵阵中，雪花漫舞，上天恍若在他眼前砌下了一堆梨花般的白雪，洁白而高雅。只是此一时彼一时，这苍苍茫茫的大雪，仿佛他苍苍茫茫的身世，一桩无根的漂木，明年又将漂向何处？看来今生是报国无门、壮志难酬了。此时此刻，风吹雪飘，诗人倚栏而立，以“明年谁此凭栏杆”自问，回答他的除了呼啸的寒风，还有远处近处白茫茫的雪花……

在这首诗中“砌下梨花一堆雪”是神来之笔，在用“淮阳”典故和烛光下饮酒之后，让一场雪梨花般纷纷扬扬，飘然而至，让诗突然有了悬空感；又如撞钟般清音不绝，响起了抑扬顿挫的音韵，给人持久的回味和想象。

放　鱼

李群玉

早觅为龙去，
江湖莫漫游。
须知香饵下，
触口是铦钩。

放　鱼

相对于李商隐的《锦瑟》，这是一首好懂的诗。简单、简洁、哲理、咏物。但却把鱼放生时的心情，借对鱼的言说，抒发得颇为机敏和透彻，状物形象，意蕴深远，堪称咏物诗中的佳作。

放生仪式开始了，诗人把鱼放入清澈的水中，重获自由的鱼儿在水中畅游，诗人见此情景，想到了一个极富浪漫色彩的童话故事——在古代，龙是一种有鳞有须、能飞能游的神奇动物，若能幻化成龙，日后一定能飞黄腾达。《水经注·河水》中也有这样的记载："鳣鲤出巩穴，三月则上度龙门，得度者为龙，否则点额而还。"诗人在诗中用这个故事，并非故事中的用意，而是希望被放生之鱼能够畅游到更大、更辽阔、更自由的水域。这哪里是写鱼啊，分明是写人，写众生，也是写人生。接下来，他又告诉刚刚获得自由的鱼儿，江湖莫漫游。刚才还说要趁早为龙而去，现在又叮咛莫漫游，这看似情理不通，却是在告诫鱼儿"莫乱游”。江湖险恶多，江湖诱惑多，那香饵之下，可是锋利的钓钩啊！诗就这么简单，诗人对鱼说，早点去自由的水域，要自由不要乱游，要学会拒绝诱饵，不然触口受伤的可是你啊……前面说过，这是一首咏物诗，借方寸之鱼言说人生和社会，时而借题发挥，时而寄寓暗示，社会上诱惑太多——金钱、名利、美色、地位等等等等不一而足，让人垂涎欲滴，或跃跃欲试，或巧取豪夺。但香饵之下，是陷阱，是深渊，是锋利的铦钩，因此要“莫漫游”，因此要“须知”。

放　鱼

我曾在包河里放生过二十多条鲫鱼，野生的，很小。朋友送来时，我把它们放在水池子里养着，让自来水像钟表的时针一样滴答滴答滴水。有一天，水池里的水竟然漏掉了，让我好生紧张，好在二十多条鱼一条都没死。想想自己经常东奔西走，去寻找更大的空间和更多的自由，而把这些小生灵囚于家中，不知何时就会气绝身亡。那一刻动了恻隐之心，就选择一个天高气爽的日子，在包河把二十多条活泼可爱的鱼儿放生了。鱼行于水，如鸟翔天空，自由自在，一定如李群玉所放之鱼一样“早觅为龙”，只是我乃愚拙之辈，写不出《放鱼》之类的诗来。

在我国古代，与鱼有关的诗不少，如《诗经 · 卫风》中的《硕人》，汉魏六朝乐府诗中的《枯鱼过河泣》；唐代咏物诗多，写鱼的不多，因此《放鱼》更显其独特而珍贵。这首诗只有20个字，用典、用意，以鱼及人，借放鱼之说，放生人生，可谓弦外之音，不绝于耳，余响无穷。

赠少年

温庭筠

江海相逢客恨多，
秋风叶下洞庭波。
酒酣夜别淮阴市，
月照高楼一曲歌。

月照高楼

诗中所写的是一个偶遇的场景——浪迹江湖、四海为家的诗人，一天与一位少年在旅途偶遇。这是在秋天，秋风萧萧，落叶纷纷，在这样孤独又肃杀的情景之下，不期而遇是一件快乐的、幸福的事情；但很遗憾，时光稍纵即逝，他们在片刻的相逢之后，又匆匆地分手了。相见时难别亦难，离别的愁绪袭上诗人的心头，因此也就有了这首《赠少年》。

《楚辞》中有“袅袅兮秋风，洞庭波兮木叶下”的诗句，诗人的这句“秋风叶下洞庭波”似乎出处于此，意在借秋天的萧瑟之景，渲染“客恨”的氛围，而“客恨”这根主线一直贯穿全诗。但对这首诗不能简单从字面上理解，因为它含蓄、借意的笔法，直读直译会违背诗人的初衷。清代徐增认为温庭筠此诗是写其“不遇”和“侠气高歌”。所谓“不遇”，是政治上失意，只能沦落江湖，常把他乡作故乡，有知音难觅之感；所谓“侠气高歌”，是指天马行空独来独往时的傲骨、不羁以及不甘和隐忍，尤其是路遇可交之人后，仿佛终于找到了可以一诉衷肠之人，忍不住要高歌一曲，一吐为快；尤其是在江海浪涌、草木皆病的秋天，客居他乡之痛无人慰藉，望月思亲之时更是愁肠百结。

秋风叶下

诗中提到了“淮阴市”，这不仅仅因为这里是诗人和少年的话别地，让他们伤感、不舍；更重要的是，这里当年还有怀阴侯韩信的故事。韩信少年家境贫寒，曾在母亲的带领下沿街乞讨，吃尽白眼，受辱胯下，贻笑于淮阴。而后来却征战疆场，屡建战功，成为西汉百万军师的统帅。我以为，此诗至少赠予了三位少年——一位是那位旅途上不期而遇的少年，一位是曾经沿街乞讨、少年也知愁滋味的少年韩信，另一位就是他自己。自己不也是和韩信一样吗？不得志，受凌辱，心有大志却无处所用，恃才傲物又身世飘零。于是，他借酒浇愁，既是为少年送行，又是解心中的垒块；既是以韩信为榜样，又是在砥砺自己，告别昨天的灰暗和耻辱。当少年真的要走时，他和少年站在高楼之上，举头望月，高歌一曲，正所谓“不遇”之途的“侠气高歌”也！

这首诗虽有“客恨”的枝叶，却没有“月上柳梢”的缠绵；虽有“客恨”的根茎，却没有“晓风残月”的凄凉；有的是“不遇”之羁的向往，有的是“侠气高歌”时的敞亮。因此这首诗，赠少年也好，赠韩信也罢，赠来赠去，全是写给了自己！

锦 瑟

李商隐

锦瑟无端五十弦，一弦一柱思华年。
庄生晓梦迷蝴蝶，望帝春心托杜鹃。
沧海月明珠有泪，蓝田日暖玉生烟。
此情可待成追忆，只是当时已惘然。

石润玉而山辉

李商隐是晚唐时期的著名诗人，和杜牧有“小李杜”之称，生于牛李两党争斗时代，曾得牛党培养恩宠，并娶牛党官员女儿为妻。让他始料不及的是，水能载舟亦能覆舟，也正是牛党葬送了他，让他在受排挤、打压中夹缝求生。由于仕途坎坷，心灵愁苦，他的诗基调常常哀伤抑郁，典多辞华，显得晦涩难懂，这首《锦瑟》就属于这类诗作。

诗题是“锦瑟”，诗的开头又是“锦瑟”，锦瑟为何物？乃乐器也。具弦五十，音节繁富，五十弦仅仅是五十根弦吗？古人云：“云打湘灵五十弦”、“因令五十丝，中道分宫徵”，看来五十弦没错。但这也太实话实说了吧。暗指年龄——诗人“行年五十”或年届五十？又太牵强了点。还是让我们回到诗的层面，在解读中慢慢欣赏。

锦瑟是一种乐器，五十弦是弦丝的数量，那么“无端”该作

沧海月明

何解释？无端，在日常用语中被理解为没有缘由的、平白无故的，在这里，诗人是想借以遣词而见意，是诗人特有的痴语，为引出下一句做一个铺垫。而接下来的一弦一柱，只是乐器的一部分，“思华年”才是诗人想说的话。锦瑟声声，逝水年华仿佛音乐般流淌；愁情乱绪，苦闷灾祸，历历在目，往事并不如烟。至此，诗人又想到了庄周梦蝶的故事——庄周梦见自己幻化为蝶，栩栩而飞；梦醒之后，自己仍是庄周，蝴蝶却不知了去向。现在锦瑟声声，如诉如泣，也惊醒了诗人的梦幻；梦醒之后，他又想到了死后魂化为杜鹃的先君杜宇，杜鹃啼春，一个“托”字，佳人托春心于锦瑟，杜宇托春心于杜鹃，诗人又何尝不是托锦瑟于佳人、于先人、于一己呢！

在这首诗中，我最喜欢的是“沧海月明珠有泪，蓝田日暖玉生烟”这两句。珠生于蚌，蚌在于海，明月悬天，蚌向月敞开，珠得其月华，晶莹剔透。还有那蓝田之玉，日出含阳，吐翠生烟，温润如泥，与前面沧海月明的境界交相生辉，既写出了凄寒高寡的孤独，又写出了高旷深远的心智。到了结尾，诗人似乎只有一声叹息：如此回忆，锦瑟繁音，庄周杜鹃，春色佳人，明月珠玉，又当如何？更多的只能是悲苦、惆怅和惘然。

李商隐一生苦情多多，郁结于心，又发为诗句。在《锦瑟》中多次用典，象征含蓄，欲言又止，欲说还休，让人揣摩再三，回味无穷。这样的诗，适宜于品茶、小酌时慢读，孤灯静夜中慢读，是一首越品越有味的盛名佳作。

菊　花

黄　巢

待到秋来九月八，
我花开后百花杀。
冲天香阵透长安，
满城尽带黄金甲。

自古英雄多解诗

从陶渊明的“采菊东篱下”，到郑谷的“露湿秋香满池岸”，再到黄巢的这首《菊花》，不难看出，古往今来，那些孤标傲世的高士、远离凡尘的隐者，都与菊花有着不解之缘，菊花因此也成了文人雅士骨傲绝俗精神的象征。

重阳节的时候，已进入秋天，一场秋雨一场寒，树叶枯落，花朵凋零，百草生病，一派萧疏的景象。在这大多花草皆败之时，菊花却粲然绽放了。为什么要“待到”呢？自然界之万事万物，皆有其不可抗拒的规律，即使是这菊花，你不在等待它，它也依然会如期开放。大家知道，黄巢不仅是位诗人，还是农民起义的领袖，他的“待到”是借菊花盛开之时，行天翻地覆、扭转乾坤之日，是向往中的期待，是期待中的喜悦，诗人的内心，在激动与亢奋之中，似乎有些按捺不住了。九月八这天到了，千朵万朵菊花盛开，清香袭人，美不胜收，这又有什么呢——“我花开后百花杀”！这是石破天惊之句，斩钉截铁之中尽显英雄本色。“我花”是菊花又非菊花，那些昔日的花朵、荣耀，统治者的暴政，都将很快土崩瓦解。现在我来了，“我花”是黄巢，“我花”是千千万万受压迫、受奴役的老百姓！在这里，菊花再次作为劲节之士的化身，遍地绽放；整个长安城，都开满了带着黄金盔甲的菊花。其气势，占尽秋色；其郁香，浸透全城。“我花”的意义被再次延伸了，它被赋予了农民起义军的战斗风貌和精神气质，因此更显得浓郁而芳香。

冲天香阵透长安

除了这首《菊花》，黄巢还写过一首《题菊花》，他写道：“他年我若为青帝，报与桃花一处开。”“青帝”是司春之神，诗人憧憬着若是有朝一日做了“青帝”，一定让菊花和桃花在春天里一起开放，而无须再待到万木萧瑟的秋天；而做了“青帝”的那一天，农民革命政权的建立，一定会让穷苦百姓享受到春天的温暖和富足。

两首菊花诗，一个凝结点：在粗豪与含蓄之中，以菊立意，赋予菊花生活的芳香。“自古英雄多解诗”，我们在黄巢这位农民领袖的“菊花”诗中，读到了他突破同类作品窠臼所阐释的全新的思想境界和艺术风格。

送日本国僧敬龙归

韦 庄

扶桑已在渺茫中，
家在扶桑东更东。
此去与师谁共到，
一船明月一帆风。

明月风帆下

让我先从最后一句写起，多美啊：一船明月，随风而下；万里江山，风清月明。但我只是一厢情愿。此明月风帆，非彼明月风帆。诗人的好友、来华求经学佛问僧的敬龙先生要东渡扶桑启程回国了，韦庄为他送行，写下了这首情感真挚的诗歌，抒发了依依惜别之情。

敬龙这次回国，万里迢迢，旅程遥遥，有《梁书·扶桑国传》记载，扶桑在大汉国东两万余里，据说要六至七个昼夜才能抵达。但这里的扶桑除了扶桑国之意，还有另一层意思，是指古代神话传说东方“日所出处”的神木扶桑，有史书说，“扶桑在碧海中，树长数千尺，一千余围，两两同根，更相依倚，日所出处”。好友远走千里万程，那是归根返家，这送别的场合，不舍情、惜别语、感伤话，都不说了，留给诗说，而又藏在诗句的背后，不露声色。

一船明月一帆风

眼看着船行大海，波涛起伏，韦庄不禁心有所牵。逆水行船，不进则退；勿起狂飙，多可倾翻；过去遣唐史乘坐的大船都常有不测，敬龙所乘的商船就更令人担心了。但诗人还是在心里为朋友祝福，祝愿他一帆风顺，平安抵达。诗中的“明月”示晴，晴则风和日丽，晴则吉多凶少；诗中的“风帆”意顺，顺则灾祸不生，顺则一顺百顺；而“一船明月”又是多么浪漫、柔美啊，比起古往今来众多诗中的“一轮”、“一弯”、“一抹”之类，要高妙千倍万倍。船行远哉，牵肠挂肚仍不免系于心中，但如此浪漫、含蓄、自然而然地以“明月”、“帆船”之词说出，我们在诗中也似乎看到了日本友人敬龙，已经在风顺月朗之下，顺利抵达了家乡，见到了“日所出处”的神木扶桑。

韦庄是晚唐著名诗人，花间派代表人物，是大唐著名诗人韦应物的四世孙。他自幼父母双亡，家境贫寒，生活坎坷；黄巢起义攻陷长安城，时年 48 岁的他侥幸逃生后，以自己的血泪史为背景，写下了长篇叙事诗《秦妇吟》，与汉乐府《孔雀东南飞》、南朝乐府《木兰辞》，并称为“乐府三绝”。但韦庄的《秦妇吟》，由于担心被黄巢的手下报复，几经销毁，已经不见了抄本。直到敦煌石室遗文的发现，失传了一千多年的《秦妇吟》才得以重见天日，可见诗人经历了多么坎坷的人生经历。韦庄的很多诗都是悲苦哀伤之作，像这首《送日本国僧敬龙归》般明快的作品，并不多见，可能是此时“一船明月一帆风”的真挚情感点燃了他吧。

江陵愁望有寄

鱼玄机

枫叶千枝复万枝，
江桥掩映暮帆迟。
忆君心似西江水，
日夜东流无歇时。

为爱歌哭

这是一位女诗人的爱情诗，写给谁人不得而知。借秋天之景，言衷肠愁绪，运用句中重复、句中排比等手法，把心中的情感描摹得凄美动人，仿佛歌哭。有人说女诗人的这首诗与建安诗人徐干的《室思》相似，在《室思》第三章末句，徐干这样写道：“自君之出矣，明镜暗不治。思君如流水，何有穷已时。”从徐干的诗再看鱼玄机的诗，除“思君如流水”之外，我看不出它们之间有什么来龙去脉。

秋天里，枫叶多多，霜重秋愁，满林萧萧，一股伤秋之情在女诗人心中挥之不去；是千枝万枝之繁，是枝枝重复中的急迫；登上江陵的高处，极目远眺，枫林之中，江枫掩映，日落暮垂，不见帆影，不见心仪的人乘船归来，心中的焦急自不待言表，连那风中的枫叶也像有意无意在遮挡视线。盼人人不归，思君情难已，于是那颗不安的、眷恋的心，一会儿“西江”，一会儿“东流”，无歇的江水日夜流淌，仿佛没有了流向和目的；一咏三叹之中，女诗人除了愁望、盼归、遥寄，似乎不知如何是好了；只有在穿心蚀骨般的爱恋之中，给她的爱人，也给读者，留下了这首值得反复吟诵的爱情诗篇。近人朱自清在《〈唐诗三百首〉指导大概》中说：“论七绝的称含蓄为‘风调’。风飘摇而有远情，调悠扬而有远韵，总之是余味深长。这也配合着七绝的曼长的声调而言，五绝字少节促，便无所谓风调。”我以为，这里所说的“余味深长”和“风调”，都适合并属于鱼玄机和她的这首《江陵愁望有寄》。

忆君心似西江水

如同我不能苟同有人说鱼玄机的这首诗，和徐干的《室思》有血缘关系一样，我同样不能苟同某些人，要别出心裁地把这首七绝改成五言，并说这样改会更好。那么倘若如此，这首诗将会成为什么样子呢——“枫叶千万枝，江桥暮帆迟。忆君如江水，日夜无歇时。”这般删繁，不仅“余味”、“风调”荡然无存，也是对鱼玄机和她一场苦恋的亵渎，对诗歌本身也是一种来自外力的伤害。

小　松

杜荀鹤

自小刺头深草里，
而今渐觉出蓬蒿。
时人不识凌云木，
直待凌云始道高。

做人当做凌云木

这是一首小诗，小到只写一棵小松树，抽芽、拔尖、吐叶、伸茎、扬枝，不知不觉间就长高了，凌云了。如果是为了写小松树而写小松树，不能说是诗的败笔，但至少，读完了也就读完了，没有可咀嚼之处，当然也就不值得玩味再三。

诗人是借小松树的成长写自己呢！杜荀鹤自幼家境贫寒，少年吃苦受累是自然的事情。但贫贱出英华，他青年时才情过人，诗文俱佳，本该有一个美好的前程和未来，不曾想朝中无人，以致屡试不中，身心俱伤，继续在穷困潦倒中，过着报国无门却又心存不甘的苦闷生活。除了这首《小松》，杜荀鹤还写过一首《自叙》："酒瓮琴书伴病身，熟谙时事乐于贫。宁为宇宙闲吟客，怕作乾坤窃禄人。诗旨未能忘旧物，世情奈何不容真。平生肺腑无言处，白发吾唐一逸人。"诗人身处暗世，有志难伸，怀才不遇，于是仅存的三件东西——酒瓮、琴瑟和诗书，都派上了用

深草刺头

场，都写在诗中了。虽然如此，诗人还是要以松自喻，一吐为快。小松树破土而出了，小得可怜，弱不禁风，又身处杂草丛中，生长极其艰辛，但那个长满松针的“刺头”却一直昂扬向上，势不可挡——这是在写他的青少年时期。小松继续生长，日见枝繁叶茂，大有刺破青天之势，本该受到呵护，甚至是仰视，但事实却与之相反，等待他的是漠视和摧残——这是写他才华过人之时的落寞和命运的不公。终于，这棵小松在艰难困苦中奋力长成凌云之木了，这个时候，世人似乎才抬头一看，如此高耸入云的松木，何时刺破青天了呀，直到惊落了满头白发——这是写他怀才不遇、壮志未酬的痛苦。正所谓：待到凌云高处时，已是“平生肺腑无言处”。

这是一首小诗，小诗不小，以小见大，包罗万千。对一棵埋在泥土里，又受困于杂草围困中的小松来说，奋力向上，节节生长，是不二之选择；但对于不识其才、漠视其才的目光短浅者来说，真应该幡然醒悟，把目光投向在那深草丛挣扎中仍昂扬向上的“小刺头”。

秋寄从兄贾岛

无　可

暝虫喧暮色，默思坐西林。
听雨寒更彻，开门落叶深。
昔因京邑病，并起洞庭心。
亦是吾兄事，迟回共至今。

与兄书

无可是谁？恐怕很多人不熟悉。

但说到贾岛，就恐怕无人不知无人不晓了。

无可姓贾，是贾岛的堂弟，其诗与贾岛齐名。

这是无可怀念其兄贾岛的诗，也可以看做是一封永远在路上的、没有地址的与兄书。从黄昏到深夜，虫鸣声声，无可无眠；再从深夜到黎明，万籁俱静，无可仍无眠。此时此刻，无可一个人独坐西林寺，遥想着兄长，耿耿难眠，他多想以诗代柬，写一封家书，寄给贾岛啊！

西林寺在庐山香炉峰西南侧，风光秀丽，无可到庐山后，就长居西林寺。在这里他结识了常居东林寺的高僧慧远，和同居一寺的弟弟慧永。巧的是，这慧远、慧永兄弟也姓贾，兄弟俩情同手足，每每见面时兄弟之情溢于言表。这对贾氏兄弟的深情厚谊，触动了无可内心深处的伤痛与怀想。暮色苍茫中，夜静，虫鸣，默思，独坐，一喧一默，一动一静，而内心却在翻江倒海。

夜深了，这又是秋夜，秋风飒飒，霜落气寒；晨夕之中，仿佛听见秋雨霏霏，催敲门窗；天露微曦，推门一看，哪里有雨啊，满庭之中，尽是落叶。诗人写“落叶”，笔下是“听雨”，但又意不在“听雨”，而是写出了长夜不眠、人不成寐时的思念，个中三昧，却在字面物象之外。

开门落叶深

夜太静了，无可独坐西林寺，抚今追昔，感慨良多。遥想当年，自己只身离京，贾岛写下《送无可上人》一诗相赠：“终有烟霞约，天台作近邻。”但事实上，贾岛并没去天台赴约，而是留在了京城长安，屡试不第后，积郁成疾，与无可相约皈依佛门。但贾岛浮沉宦海，苦觅干禄，迷航不悟，病在心中，他是多么希望贾岛丢鱼去篓，舍筏登岸，共赴烟霞之约；无可是高蹈逃禅之辈，他的心中仍然期望着和贾岛的“烟霞约”和“洞庭心”，尽管太迟太迟了……

宋人魏庆之在《诗人玉屑》中说："唐僧多佳句，其琢句法比物以意，而不指言一物，谓之象外句，如无可上人诗曰'听雨寒更尽，开门落叶深'，是落叶比雨声也。"其实纵观全诗，都能看到象外之音，这是无可的高妙之处，倘若听风是风，见雨是雨，而不是听风雨是落叶，那些风风雨雨，又与诗何干呢？

答　人

太上隐者

偶来松树下，
高枕石头眠。
山中无历日，
寒尽不知年。

枕石而眠

为了治疗耳疾，我也曾枕石而眠。石头的一面写着“高枕无忧”，另一面则刻下“人生如梦，万事看开”。虽然痼疾未愈，却自认为与石头亲近了一回。今读太上隐者《答人》，才大呼遇到了高人，咱枕的是脱离山体的方寸之石，人家却枕遍了漫山遍野的嶙嶙之石啊！

据《古今诗话》记载，这位隐居于终南山的太上隐者，来历不知所踪，让人好奇。有好事者当面问他姓甚名谁，他答而不言，写下了这首《答人》。诗中说，松树已在这活过多年了，我只是“偶来”，给人一种行踪飘忽不定，又出入自由不可追蹑的神秘感。至于枕石而眠，确乎是真正的“高枕”，既朴拙、自然，又有山野情趣，与其说是在“答人”，毋宁说是画了一幅趣味横生的自画像。

这偶来，这松下，这石枕，这睡眠，仿佛让人如坠远古，活在另一番别有洞天之中。我是谁？我从哪里来？要到哪里去？今夕是何年？没有历日记载，没有石头刻字，只是如此这般地高卧深山，枕石而眠，不知有汉，无论魏晋，天地悠悠，终老一生，羚羊挂角，无迹可求。至此，我们看到这位太上隐者穿越时空，独来独往，既可远足于尘世，又可怡情于山林，活脱脱一个自由无羁的太上隐者！

李白当年写《山中答俗人问》，问而不答，不答又答，高逸之象早已呼之欲出。而这太上隐者，似乎更是技高一筹——姓名？年龄？来历？一问三不知；天知，地知，唯有他不知；旁边有人，又旁若无人，实在是活泼得可爱。

刘熙载在《艺概》中说："五绝无闲字易，有余味难。"太上隐者这首20字之诗，字字无虚设，语语了无痕，一个字动不得，一个词改不了，是瞬间的偶来，是隐者的神来之笔，当然也是一首让读者感到余味无穷的高妙之作。

太上隐者

鹭　鸶

欧阳修

激石滩声如战鼓，
翻天浪色似银山。
滩惊浪打风兼雨，
独立亭亭意愈闲。

醉翁之意不在酒

如果有人以为，欧阳修只是为写鹭鸶而写鹭鸶，那就大错特错了。他是在托鹭鸶言志，借鹭鸶抒怀；看似写鹭鸶，其实是在写自己；看似是以鹭鸶起兴，其实是以鹭鸶自况。

鹭鸶是一种水鸟，羽毛洁白，两腿细而长，栖息于江河湖泊或水田中。我曾收养过一只鹭鸶，当时它的一条腿被捕食者布下的网绳割断了，无法觅食，濒临死亡。我去医院给它上了药，包扎了伤口，把它抱回了家。但不知为什么，它拒绝进食，上网查网友们也没有好办法。在与它的对视中，它的一个眼神赐予我灵感：我把买来的小鱼小虾，放在淋浴器的喷头下，水滴时小虾蹦跳，它立刻用长长的喙叼住了食物。鹭鸶痊愈后，我含泪把它放飞了，我知道，它是有翅膀的精灵，属于蓝天和白云，像诗人一样不能关在笼子里圈养。

重读这首《鹭鸶》时，我曾想，欧翁笔下这只“独立亭亭意

独立亭亭意愈闲

愈闲”的鹭鸶，是不是我在春日里放飞的那一只呢？

这首诗写于宋仁宗庆历五年，其时，范仲淹以“朋党”罢政，欧阳修、富弼、韩琦等一批文人雅士遭牵连，被贬官降职。不惑之年的欧阳修被贬安徽滁州，自号“醉翁”，并在《醉翁亭记》中写下“醉翁之意不在酒，在乎山水之间也”的不朽名句。同理，欧阳修的“醉翁”之意也不在鹭鸶，而在乎诗与心境之间也。他从写鹭鸶的生活和生存环境入手，在“声如战鼓”的“声”和“色似银山”的“色”之“声色”处着墨，描摹出了一幅瞬息万变、惊涛拍岸的画面。官场如战场，世态多炎凉，小人常得志，忠良遭陷害。对此，诗人愤怒，酸楚，悲哀，无奈，只有在不白之冤中以诗言志，在凄风苦雨中仰望苍穹。写罢鹭鸶的生态环境，诗人开始写鹭鸶了——鹭鸶择水而居，常遇惊涛骇浪、风吹雨袭和各种意想不到的灾难，但这一切不能污染其洁白的羽毛，不能改变其亭亭玉立的身姿，更不能摧毁其桀骜不驯的精神和品质！而“意愈闲”三个字，是诗人禅心悟道的流露，经历过狂风暴雨的侵袭后，诗人大彻大悟，要在清高守道中“众人皆醉我独醒”，让自己在清静安详中做一只亭亭玉立的鹭鸶。

好一只亭亭玉立的鹭鸶！我推窗远望，似乎看见有两只鹭鸶从水田之畔振翅而飞，此一只彼一只，难道是从欧翁诗中起飞的那一只和我双手托举着放飞的那一只，在蓝天碧水中不期而遇了吗？

次韵朱昌叔

王安石

寄国无公寄钟山，
垣屋青松暗霭间。
长以声音为佛事，
野风萧飒水潺湲。

山林野趣是也

王安石字介甫，号半山，是抚州临川（今江西抚州）人，是北宋时期著名的政治家、思想家、文学家。宋神宗时曾两次任宰相，力主变革，推行变法，后遭守旧派陷害，辞官隐居。司马光任宰相废除新法，王安石忧愤而死。他的诗文笔力雄健，其词更是一扫五代词的绮靡之风，深得后人推崇和喜爱。

《次韵朱昌叔》这首诗从题目上看，是一首唱和诗。朱昌叔写一首，王安石和一首，一唱一和，一往情深。大家都知道，王安石曾于嘉祐三年写过万言上书，提出变法主张；曾两度任相，实施了系列新政改革，史称“庆历新政”；元丰八年，宋神宗赵顼驾崩，王安石悬辞相位，后又辞去一切官位，隐居金陵钟山。朱昌叔是王安石的妹夫，也是位诗人，诗情加亲情，让诗人间常有唱和之诗相赠，这首《次韵朱昌叔》，就是王安石依朱昌叔诗韵而成。

诗起句中用了两个“寄”字：一个寄国，一个寄钟山，同一个字，却所寄迥异。《仪礼·丧服》中说：“寄公者何也？失君之地也。”王安石曾两任宰相，官位显赫，志向远大，功绩卓著。但此一时彼一时，他其时退官为民，辞宫廷豪华而居瓦屋薄檐，以失地之君自况，报国无门，何“寄”之有？因此是“寄国无公”。至于隐居金陵“寄钟山”，似乎有了寄托，而这里的“寄”，却是寄人篱下的“寄”！感伤之下，苦则苦矣，可是对于屡经政治风浪，又曾受到痛失爱子之创的诗人来说，苦难只能是一种财富，在他洒脱不羁、淡泊自守的精神品格支撑下，他在隐居之中依然走出了一片让自己心旷神怡的新天地。

遥想当年，官场上尔虞我诈互相倾轧，变革之难如履薄冰，不免心灰意冷，心力交瘁；现在远离红尘，住在青松雾霭掩映下的瓦檐下，看远山，听近水，在宁静、淡定、亲切、自然的惬意中修身养性，吟诗唱和，岂不快哉！且慢，诗人并非等闲之辈，他还要“长以声音为佛事”，以安妥心中的不甘和那天性自由的灵魂。因此他又常修佛礼禅，于山林野趣中收其既放之心。最后一句意味幽远，看似写景，其实写心；看似写深山古树，野风萧飒，流水潺潺，其实是写自己在修佛礼禅之后的闲情逸致；他的诗心，他的身心，早已与大自然融为一体，而往昔的一切早已是过眼云烟。

云以月变，月以云显，情以景生，景以情合。王安石从不胜其寒的高处，走向与草木共生的自然，于片石孤云、旷野清泉中获得了肉体上的挣脱和精神上的飞翔，不仅找到了诗的意境，也活出了真实而自然的诗的韵味。

桑茶坑道中（其七）

杨万里

晴明风日雨干时，
草满花堤水满溪。
童子柳荫眠正着，
一牛吃过柳阴西。

花草夹岸中的情趣

杨万里是与陆游、尤袤、范成大并称南宋四大家的诗人，其诗歌语言大都通俗浅近，风格清新活泼。儿时生病住院时读过他的《伤春》，至今还记得诗中的句子“年年不带看花眼，不是愁中即病中”。

杨万里的《桑茶坑道中》是系列诗，这里之所以选其七欣赏，我以为是他组诗中的上乘之作。这是一首很有童趣的诗——雨过天晴，风和日丽，花草夹岸，垂柳依依。在这春日暖阳下，一位牧牛的童子却在柳荫下睡着了，没有了吆喝声的牛忘情地吃到了“柳荫西”。更有趣的是，这牛吃草只顾低头吃罢了，怎么还会分“东西”？后来偶读《五灯会元》才恍然大悟，这“东”与“西”，是禅味与禅境意义上的分指。《五灯会元》卷三记录着这样一个故事：“王老师自小养一头小牯牛，拟向溪东牧，不免食他国王水草；拟向溪西牧，亦不免食他国王水草；不如随分纳

童子柳荫眠正着

纳些，总不见得。”看来这草和吃草的牛有了“东”与“西”之说，恐怕就缘于此。

关于牧童牧牛的诗有很多，大都写得很美却也很俗套，无非是夕阳西下，牧童扬柳催牛归，或者是牧童牛背上牧笛声声，将牛儿放牧草场——美则美矣，只是少了些趣味和诗意。杨万里就不同了，他让牧童头枕春光柳荫而眠，让牛儿在草地上自由撒欢，动静结合，悠然自得又浑然天成。此情此景，也让我不禁想起儿时放牛的一幕：我和一群小伙伴骑牛放牛，牛是水牛，不须扬鞭，水牛边吃边走边走边吃，竟把我们驮入了泥塘里，我和小伙伴只顾打泥水仗，却不知贪吃的水牛何时“吃过柳荫西”，跑到了邻家的菜地里……

杨万里其诗多学王安石和晚唐诗人，并为我所用，自成一家。他的诗了却无痕，幽默诙谐，时号“诚斋体”风靡诗坛，享有“四海诗坛独霸诗”之誉。有人把他的这首诗读作禅诗，云：童子牧牛为养心，东西之境为色空。我不以为然，且感牵强；这首诗并不深奥，甚至很简单，就是在一动一静的互相映衬中，写出了原始且朴素的自然之美。这首诗固然有禅意、禅境，但并非刻意为禅而为之，只不过是诗人不信佛禅又深得佛禅之理的自我流露罢了。

春日已至，时光大好，感谢诗人杨万里，寥寥数笔，给我们绘制了一幅妙趣横生的“童子牧牛图”。

东 坡

苏 轼

雨洗东坡月色清，
市人行尽野人行。
莫嫌荦确坡头路，
自爱铿然曳杖声。

市人行尽我仍行

苏轼字子瞻，一字和仲，号东坡居士。与父苏洵、弟苏辙合称“三苏”，其词与辛弃疾并称“苏辛”，其诗与黄庭坚并称“苏黄”，其书法与黄庭坚、米芾、蔡襄并称为“宋四家”，有着广博的历史文化知识和多方面的艺术成就。

苏轼一生著作甚丰，诗文书画俱佳，有《东坡七集》、《东坡易传》、《东坡书传》存立于世。古人王十朋在《苏轼诗集》序文中这样赞誉苏轼：“东坡先生英才绝识，卓冠一世。平生斟酌经传，贯穿子史，下至小说、杂记、佛经、道书、古诗、方言，莫不毕究。故虽天地造化，古今之兴替，风俗之消长，与夫山川、草木、禽兽、鳞介、昆虫之属，亦皆洞其机而贯其妙。积而为胸中之文，不啻如长江大河，汪洋宏肆，变化万千。”

较之于他如“长江大河，汪洋宏肆”的文风，这首《东坡》

写得淡定、从容。雨洗东坡之时，月色湿润清澈，诗人被雨而淋似乎全然不知，市人行时我亦行，市人行尽我仍行，不以晴喜不以雨忧，以野人自居，入林野之境，做坦荡之人、放逸之士。也正是这雨止清月之下，市人行尽之时，诗人登坡远望，抚今追昔，甚至联想到往日的忧愤和孤独。但很快，他就以“莫嫌”二字发出了声音：莫嫌坡头小路崎岖不平，纵使是看似一马平川的坦途大道，也是充满了泥泞与坎坷。作为林野之人放逸之士，东坡先生独觉独悟、深自省察，以陶渊明式的躬耕之节、白居易式的闲适之志，市人行尽我仍行地走在人生的路上。雨后坡道湿滑，诗人持木杖而行，木杖与地面山石碰撞发出阵阵声响，仿佛指弦相叩，顿然惊觉之中备感悦耳动听；而他所“自爱”的，正是经过苦难历练之后的大彻大悟、荣辱不惊和吸纳天地人佛之精灵时的超旷恬淡、无所附丽，其铿然之声，有助顿悟。

雨洗东坡月色清

苏轼以才学为诗，以文为诗，以理入诗，诗风奇险古硬，诗歌成就高、影响大，盖古收今，尽得风流。但这位天才文人，却一生坎坷，多灾多难。1082 年 8 月，他因“乌台诗案”入狱，九死一生，后被贬黄州，曾在诗中感喟：“数亩荒田留我住，半瓶浊酒待君温。”这两句固然有惜怜之境，但当诗人决定入住荒田，温酒待客，他心中的坚忍弘毅和归诚佛僧也就根植心中了——这也许正是苏轼慕白居易之闲适风流，而效其忠州“东坡”之名以自号的缘由所在吧！

大雨逾旬，既止复作，江遂大涨

陆　游

一春少雨忧旱暵，
熟睡湫潭坐龙懒。
以勤赎懒护其短，
水浸城门渠不管。
传闻霖潦千里远，
榜舟发粟敢不勉。
空村避水无鸡犬，
茆舍夜深萤火满。

为民请命

陆游字务观，号放翁，著作甚丰，有《剑南诗稿》八十卷、《渭南文集》八十五卷、《南唐书》十八卷和《老学庵笔记》十卷传世。

大约是于淳熙六年十一月，陆游被贬后来到江西任职，不想第二年就发生了大水灾。从题目上看，大雨足足下了一旬，停了又下，下下停停，越下越大，江水猛涨；从诗中看，水淹了城门，千里泽国，颗粒不收，人们背井离乡，只有萤火虫在民舍里忽明忽暗，好不凄凉。由于陆游平常就喜爱农事和田园，隐山闲居时常种菜种花，时而“身杂老农间”，“扶衰业耕桑”，时而

水浸城门渠不管

“五亩畦菜地，秋来日荷锄”。因此，他深知百姓的疾苦，不仅写下了这首同情灾民、与之歌哭的诗歌，还拨义仓粮赈济，并下令江西地方官员开仓放粮，救济灾民，真正做到了权为民所用，正如他在这首诗后自注的那样：“民家避水，多以丘阜，以小舟载米赈之。”

陆游能诗能文，尤以诗的成就最佳，且数量颇丰，仅现存的就有 9300 多首。同时，他又是位深谙诗之为诗的诗人，强调“工夫在诗外”，但并不排斥用功诗内。他的这首诗，看似只是对一场大水灾的描写，却是“工夫深处却平夷”（陆游《追怀曾文清公呈赵教授赵近尝示诗》）。但我看重的是诗人诗品与人品的共生共辉。他的诗吟生民之命，怜生民之瘼，体生民之苦。他本人为生民奔走呼号，且奋力而行，开仓放粮，减免苛税，更是值得世人爱戴、怀念和学习。而一个诗人，无论是生活在古代、近代还是现在、当下，当国破山河在或国在山河破，人民遭殃受难之时，如果无动于衷，麻木冷漠，那就是对诗人和诗歌的亵渎，所以诗人还是要以陆游为榜样，常怀忧国忧民之心，常倾忧国忧民之情，常写忧国忧民之诗，为需要帮助的人们，去做一些力所能及的事。

我之所以在陆游的九千多首诗中，推荐这首诗，除了上面所说的原因外，还在于它不是一首求诗务字、雕琢华丽的诗，而是一首朴素易懂、信手拈来之作；他曾在《读近人诗》一文中写道："雕琢自是文章病，奇险尤伤气骨多。"而他的这首诗，没有雕琢自无病，远离奇险多骨气！

春　日

朱　熹

胜日寻芳泗水滨，
无边光景一时新。
等闲识得东风面，
万紫千红总是春。

春光骀荡下的诗人逸兴

先说说朱熹其人，他字元晦，一字仲晦，号晦庵，别称紫阳；曾广注典籍，对理学、史学、文学、乐律等都颇有研究；是南宋著名的教育家、哲学家、理学家，存世之作有《四书章句集注》等。

再来让我们赏读这首《春日》。

写春天的诗很多——苏轼作《春宵》，王安石写《春夜》；韩愈感《晚春》，杨万里叹《伤春》；杜牧《江南春》里听莺啼，王淇《春暮游小园时》看海棠；还有张式喜迎春归的“春到人间草木知”，还有贾岛惜送春别的“三月正当三十日”。诗人是敏锐且敏感的，无论是写春天到来时的喜悦，还是写春去秋来时的愁情苦绪，都写得声情并茂，让人过目不忘。

朱熹的这首《春日》亦然。

春日里诗人户外踏青，当然不可能是一个人，或邀三五文朋诗友，或唤一二远亲近邻，一个“寻”字，让他们有选择地来到了泗水之滨，完全可以想象出诗人对大好春光的向往，和他孩童一样张开双臂拥抱春天时的快乐与雅兴。走出书斋，抖去浮尘，大千世界，春色无限，一切都焕发着蓬勃向上的生命力，一切都乍感陌生又耳目一新。往日躲在书斋里想象春天，塑造春天，现在置身旷野，于不经意间顿识东风真面目，正是这浩荡东风，吹得千树万树百花开，吹得万紫千红尽风流，也吹得诗人忍不住心花怒放诉衷肠。这首诗只有寥寥 28 个字，生动明快，一目了然，既深入浅出，又意味悠远。朱熹曾在《朱子语类》中自述过这样一句话：“今之不为禅学者，只是未曾到那深处；才到那深处，定走入禅去也。”现在无论是在野外，还是在诗中，诗人正一步步走向“那深处”——既是自然的深处、春天的深处，也是学术的深处、生命的深处！

等闲识得东风面

再让我们回到诗人寻芳“泗水”的那一刻，“泗水”为何水？有人说是暗指去孔门寻求圣人之道，去探寻仁爱仁性之本，在触处皆春中去爱万事万物。同一首诗不同的人有不同的解读，这很正常，但我仍以为，这种解读也未必能切题达意，持这种观点的人，似乎想得多了点。一首简单的诗，至于藏着这么深刻的玄机吗？诗人日常饱累于书斋，现在走入旷野，本该放松心绪，得春风以畅行，得花草以畅怀，又怎么会再以佛理入诗而累累于怀呢？踏青就是踏青，春游就是春游，理学佛学现在至少已暂时置之我外了。

朱熹是理学大家，是“泛滥于百家，出入于老释”的著书立说、授业治学之人，所以有人会把他的这首脍炙人口的咏春之作往深里想，这不足为奇。但无论如何，诗人已把春天呈现给我们了，是无边光景里的春光骀荡，是春光骀荡中的万紫千红。朋友，还等什么呢，让我们忘却烦恼，和诗人一道，去野外去远郊踏春去吧！

咏絮云

纳兰性德

落尽深红绿叶稠，
旋看飞絮扑帘钩。
怜他借得东风力，
飞向为萍入御沟。

纳兰心事几时知

纳兰性德是满族的第一大诗人、中国词坛上的一代名家，他的诗，特别是他的词，享誉甚高，他也因此被誉为南唐李后主之后，又一位重要的词人。清末文豪梁启超在评价他的词作时，用“容若小词，直追李主”八个字，言简意赅地评价了纳兰性德在词坛的地位。

纳兰性德的词大都写得哀悲伤怀，凄婉动人，如他的：“谁念西风独自凉，萧萧黄叶闭疏窗，沉思往事立残阳。被酒莫惊春睡重，赌书消得泼茶香，当时只道是寻常。”再如他的《西郊冯氏园看海棠，因忆香严词有感》：“谁道飘零不可怜，旧游时节好花天。断肠人去自今年，一片晕红才着雨。几丝柔柳乍和烟，倩魂销尽夕阳前。”纳兰性德出身豪门贵族，青年时代，亲眼目睹了朝廷朋党的倾轧与血腥，既清醒又无路可择，又经历了爱妻死亡之痛，因此心中惴惴复凄凄，其诗其词也大多凄艳哀婉。

这首七绝，从题目上不难看出，是写落在御沟的飞絮，春去秋来，万物凋零，柳絮纷飞，一派肃然。这里的飞絮，是指被征召入宫的少女。宫廷是一个令很多人感到神秘又非常向往的地方，少女入宫了，看似可以凭借着这东风之力，飞上云天，出人头地，享受荣华富贵。但久居宫廷的纳兰性德知道，这哪里是天堂，分明是地狱；那轻柔曼舞的柳絮，不仅没有飞入云端，反而像浮萍一样无根无茎，跌入了渠沟，让他心生怜悯，感慨良多。

落尽深红绿叶稠

纳兰性德的诗与词，很多都是写少女或宫女，写爱情和失恋，据说他曾和一位宫女相恋，并订盟设誓，最后却是无疾而终；但“纳兰眷一女，绝色也”，虽成陌路，又怎能不让他愁思郁结，怅然而去。好在他心中有诗有词——“小栏杆外寂无声，几回断肠处，风动护花铃”。

纳兰性德曾被传与《红楼梦》中贾宝玉有关，说他“读容若所为诗，风流旖旎，颇肖宝玉之为人，甚言当不诬也”。市井之说，不足为信，但纳兰性德和曹雪芹一家多有往来却是事实。当年纳兰写《满江红》时，曾在词前的小序中写道："为曹子清题其先人所构楝亭在金陵署中。"而曹子清就是曹雪芹的祖父曹寅。纳兰性德不一定是贾宝玉，但和宝玉的性格极为相似，颇像宝玉的为人，至少有他影影绰绰的举手投足。曹寅说："家家争唱《饮水词》，纳兰心事几时知？"若不是纳兰性德留给后人的这些诗词，我们今天，又怎么会知道一位清末才子心灵的愁苦呢！

对书叹（节选）

袁　枚

我年十二三，
爱书如爱命。
每过书肆中，
两脚先立定。
苦无买书钱，
梦中犹买归。

书非借不能读

袁枚是位童子秀才，后因居南京小仓山随园多年，人称随园先生。他少负才名，以诗闻名天下，放情于声色，玩味于文字，往来于宾客，与同时代的赵翼、蒋士铨并称为当时的文坛三大家。他 7 岁读《论语》，9 岁读《离骚》，12 岁考取秀才；少年才俊嗜古文如命，四子文章烂熟于心，诗词歌赋信笔拈来。但这位爱书如命的少年，却苦于家境贫寒，无钱买书，每每路经书肆，常常驻足而立，望书兴叹，一次次只能在梦中将书买回。

无钱买书并不能阻止袁枚对读书、对知识的渴求，无钱买书，小小年纪的他，就借书来读。买书不能，借书也难，袁枚人小言轻，有人不借给他，有人要收押金，让他少年颇知愁滋味。他曾在《小仓山房文集》卷二十二《黄生借书说》中这样写道：

“书非借不能读也。子不闻藏书者乎，《七略》、《四库》，天子之书，然天子读书者有几？汗牛塞屋，富贵家之书，然富贵人读书者有几？”一边是天子、豪门的有书不读，一边是袁枚的不得其书而如饥似渴，让袁枚感慨万千。缘于借书之难和读书之迫切，凡遇好书，每见必求，每得必读，每读必用；但借书总是要还的，袁枚除了吟诵于口，铭记于心，他还相信好记性不如烂笔头，摘录、抄书又成了他的另一大爱好，他说只有这样，才能以补健忘。

对书叹

袁枚无疑是个天才，但不可否认，刻苦好学和孜孜以求的品质也成就了他的人生；先天的才华和后天的努力，成为他日后展翅高飞的双翼。袁枚 19 岁在校求学时，一位满腹经纶的督学曾考问他，“国马”、“公马”和“父马”出自何处？面对这很少有人知晓的冷僻典籍，袁枚脱口而出：“国马”和“公马”出自《国语》，“父马”则出自《史记·平准书》，与《易经·说卦传》中的“母牛”相对。袁枚的对答如流，旁征博引，让督学佩服、惊喜，他对眼前的才俊刮目相看，遂给予袁枚高等库生的奖励。

从无书可读，到借书而读，再到著书立说，著作等身，袁枚可谓是一个不折不扣的书虫——“看书多撷一部，游山多走几步；倘非广见博文，总觉光阴虚度”，这是袁枚60岁时写的一首六言绝句，读万卷书，行万里路，是袁枚一生的追求。而他关于诗的“灵性说”，诚如钱钟书先生所云：“不仅为当时之药石，亦足资后世之攻错。”

再别康桥

徐志摩

轻轻的我走了，
正如我轻轻的来；
我轻轻的招手，
作别西天的云彩。

那河畔的金柳，
是夕阳中的新娘；
波光里的艳影，
在我的心头荡漾。

软泥上的青荇，
油油的在水底招摇；
在康河的柔波里，
我甘心做一条水草！

那榆荫下的一潭，
不是清泉，是天上虹；
揉碎在浮藻间，
沉淀着彩虹似的梦。

寻梦？撑一支长篙，
向青草更青处漫溯；
满载一船星辉，

在星辉斑斓里放歌。

但我不能放歌，
悄悄是别离的笙箫；
夏虫也为我沉默，
沉默是今晚的康桥！

悄悄的我走了，
正如我悄悄的来；
我挥一挥衣袖，
不带走一片云彩。

在康河的柔波里

5年以前，我和牛汉、林莽、食指等一批诗人，去位于山东开山当年徐志摩遇难的地方“看望”徐志摩，并和村民、学生一起，动手搬来石头，为徐志摩建了一座简陋的面向天空和世人开放的徐志摩纪念公园。那天，附近大学城的学子们闻讯赶来，集体朗诵的，就是徐志摩这首《再别康桥》，随着诗中韵律的起伏，在场的每一个人都凝眉聆听，仿佛再一次坠入了徐志摩笔下柔波荡漾的康桥。

作为“新月派”的代表诗人，徐志摩这首诗中洋溢着绘画之美、建筑之美和音乐之美；复字、复句的应用，轻轻、悄悄的来与去，金柳、柔波、软泥、青荇的借喻，都让读者在听觉和视觉上得到了愉悦；而告别之时情意的缠绵，情景的交融，又多了一分淡淡的哀愁。在和母校即将离别时，诗人敏感而又脆弱，一声一声复一声“轻轻的”，仿佛踮起了脚尖；连招手之间的告别，也瞬间幻化成了西天的云彩；去康河里泛舟寻梦，情迷意乱间，犹如庄周梦蝶般物我两忘；康河之水，一波三折，而一船的星辉，恍若离愁；他挥一挥衣袖，抖落的又是什么？惆怅。惆怅。还是惆怅。这种写法是属于徐志摩的——爱、美、自由；他不但拥有，而且总是能发扬光大到极致。

既然是又来康桥，既然是再别康桥，他的人，他的诗，一定会与康桥缠绕着，离别的笙箫如执手泪眼，沉默的夏虫如无语的凝噎，而康桥的静默则更显此时无声胜有声了。谁没有过离别呢？家乡、亲人、朋友、母校，更何况是康桥，这个曾赋予徐志摩爱、美和自由的地方，所以他诗思如潮，不能自已，但又怀揣爱愁，小心翼翼，在万千不舍中借诗言愁。在诵读整个诗篇时，我每每被他诗中内在的音节所打动，仿佛是无语的歌唱，又仿佛是有一双手在激越中抚琴弄弦，让整个身心为之着迷陶醉，让整个世界都感到余音袅袅……

其实联系到这首诗当时的写作背景，徐志摩又似乎是在借康桥之别咏叹爱情和心中的愁绪。1920 年秋天，他去英国拜访罗素未果，不免心中失落；此间心仪才女林徽因，又闻林徽因与梁思诚结下了百年之好。情何以堪，写一首《再别康桥》吧，把一切都交给一首诗去包容，把一切都交给时间去诠释。

康河柔波

我们准备着

冯 至

我们准备着深深地领受
那些意想不到的奇迹，
在漫长的岁月里忽然有
彗星的出现，狂风乍起。

我们的生命在这一瞬间，
仿佛在第一次的拥抱里
过去的悲欢忽然在眼前
凝结成屹然不动的形体。

我们赞颂那些小昆虫，
它们经过了一次交媾
或是抵御了一次危险，
便结束它们美妙的一生。
我们整个的生命在承受
狂风乍起，彗星的出现。

等待彗星的出现

鲁迅曾说：冯至是“中国最为杰出的抒情诗人”，那时，冯至刚刚人到中年，他刚刚创作了新诗《那时——一个中年人述说五四以后的那几年》，他在诗中写道：

那时像离开马棚的小马，
第一次望见平原；
那时像离开鸟巢的小鸟，
第一次望见天空……

我被《那时》中的诗句穿透，不是闪电的劈穿，而是水滴石穿之穿；今天，我再读冯至的《我们准备着》，有同样的感触，我被吸引，被召唤。“我们”是谁？我们是已经出现或者是即将出现的彗星——一只诗中的“小昆虫”。昆虫很小，像甲壳虫那么小，脊背上却生满了大大小小的储水槽，准备储存雨水、露水，朝阳、落日——而它又携带着光芒。在诗中，过去的悲欢恍若昨日，大风起兮之时，来自小昆虫的光芒灿若灯盏，风吹不灭它，在经历了生命的融合、死亡和再生之后，无数个奇迹即将发生——这情景，让我不禁想起冯至小说《后记》中的开头：“我们常常看见有人拾起一个有分量的东西，一块石片或一个球，无

我们准备着

所谓地向远方一掷，那东西从抛出到落下，在空中便画出一个美丽的弧。这弧形一瞬间就看不见了，但在这中间却有无数的刹那，每一刹那都有停留，每一刹那都有陨落……”他所描述的，一定也是“狂风乍起”时的风景，在这一刹那、乍起的瞬间，我们必须张开臂膀准备拥抱，必须以屹然不动的形体等待彗星，甚至必须像那被礼赞的小昆虫那样，为了新生命的到来，时刻准备着“结束它们美妙的一生”。

有一次，我去拜访老诗人牛汉，说到集体批判朦胧诗，说到冯至，牛汉先生动情地说：“在诗坛的老前辈中，只有冯至先生不批评朦胧诗，冯先生说，要相信年轻人会在成长的过程中校正自己的偏颇。”还有一次，我去看话剧《塞纳河少女的面模》，这是由著名剧作家童道明根据冯至作品《塞纳河畔的无名少女》、《少女面模》创作的剧本，在剧中，一个声音在追问：你在那个世界好吗？见到马克思了吗？见到杜甫了吗？见到歌德了吗？一直都没有回声，直到被问“见到塞纳河那位少女了吗？”天幕上顿时出现了那具“少女的面模”……

是的，我们准备着——如果我们准备写诗，要像冯至那样，准备着做一个诗人。

我们准备着，我们必须准备着，未来只属于有准备的人。

断　章

卞之琳

你站在桥上看风景，
看风景人在楼上看你。
明月装饰了你的窗子，
你装饰了别人的梦。

一轮明月高悬

一个人在桥上看风景，一个正在看风景的人却在注视桥上的人，不是彼此交融的目光，却各自都于不知不觉中，被收入了对方的“取景器”，这就是作为诗人的卞之琳的高妙之处；而明月对窗子的装饰，和看风景的人对别人梦境的装饰，也是在不被觉察之中，戏剧性地互相发生着关联。

可以理解为两个不相关的陌路之人，一切都在不经意间，当一个人神情专注地站在桥上欣赏日月星辰或极目远眺之时，另一个人无意间的一瞥，最终饶有兴趣地在那里定格，他们谁也没有打扰谁；明月也是那样，它扩散着、弥漫着，如水而泻，把别人的窗户装饰得银白而静谧；还有那梦也被装饰了，装饰成遐想和愁苦，当然也可能是瞬间的愉悦和持久的失落。

也可以理解为两个爱慕的人在“看风景”——当桥上的人陶醉于无限风光之时，一位看完风景收回目光的女子，于不经意间看见了桥上的人，而此刻明月高悬，温柔的月光之下，竟有些爱

看得见风景的窗子

意萌动，却不知该如何表达。天色渐晚，月影偏移，桥上的人消失了，他对来自彼处的、月光一样的目光浑然不知。春心萌动的女子心怀“失恋”之情怅然离开，萍水相逢、失之交臂之爱，月光一样充满了她的窗子，充满了她的梦乡。

当然，你也可以想象是诗人在某一瞬间的灵感闪现；那一刻，他被什么触动了，打动了，于是，桥、月光、窗子、梦这些意象出现了；桥被人装饰，月光被心绪装饰，窗子被静夜装饰，梦境被惆怅装饰；而这些断章，似有些凌乱、绕口，甚至看似彼此之间不相关联，其实它们始终被一条隐秘的线串联着，于断断续续中绵延着诗的情绪……

一首诗、尤其是一首现代诗该如何解读，除了在诗的创作背景周围寻找可能的元素之外，还可以放飞想象，从不同的角度和侧面，去感知它的“风景”，赋予它更多的不确定和未知，这样才能把一首诗读活了。就这首《断章》而言，只有短短的四句，语言和意象并不复杂，我们在解读时大可不必只望文生义，而是要努力去寻求、去发掘诗的背后更多的东西。

劝友人

穆　旦

在一张白纸上描出个圆圈，
点个黑点，就算是城市吧，
你知道我画的正在天空上，
那儿呢，那颗闪耀的蓝色小星！
于是你想着你丢失的爱情，
独自走进卧室里踱来踱去。
朋友，天文台上有人用望远镜
正在寻索你千年后的光辉呢，
也许你招招手，也许你睡了？

在白纸上画圈

穆旦是“九叶诗派”的代表诗人，他 13 岁时开始写诗，1929 年入南开中学读书时，曾在《哀国难》中写道：“洒一腔热血、大声疾呼：眼看祖先们的血汗化成了轻烟，铁鸟击碎了故去英雄的笑脸！眼看 40 年的光辉一旦塌沉，铁蹄更翻起了敌人的凶焰！”

早在 20 世纪 40 年代，他就出版了诗集《探险者》、《穆旦诗集》、《旗》三部诗集，奠定了他在中国现代文学史上的地位；尤其是开始系统接触西方现代派诗作诗派，并翻译了众多外国诗人名篇后，诗歌创作出现了质的飞跃。

仰望星空

《劝友人》写于1939年6月，其时正是他系统接触西方诗歌时期，因此他的诗有着飘忽不定的悬空感和隐晦、多变的意象，一会要在白纸上画个圈，一会要在天上画个蓝色的小星，以至于天文台上那个用望远镜向银河系远望的人，是“正在寻索你千年后的光辉呢”。友人是谁？因何而劝？“你”可能是我，“丢失的爱情”则意味着失恋，因此才会在卧室里踱来踱去，才会在白纸上画圈、点黑点，才会在纸上的天空中寻找闪着蓝光的星子。但星子在天上，似乎遥不可及，只有借助望远镜；有点凄悲和不甘的是，这爱人星子般闪烁的光芒，竟是在千年以后。结尾更是笔锋一转：“也许你招招手，也许你睡了？”这是不安中的呓语，这是不甘中的守望，看来诗人并不能劝服那个在诗中屡屡出现的“你”。假如撇开诗人这首诗的创作背景，单纯地就诗而诗，我们会在它纷呈的意象中，捕捉到一种虚无的光芒和若隐若现的情愫，一种未被言说但确已存在的惆怅和苦涩；若不然，诗人大可不必在欲休还说、欲言又止中一劝再劝了。

穆旦原名查良铮，1934 年，他将查姓上下分开，木与穆谐音，遂得“穆旦”之名。著名作家金庸是他的叔伯兄弟，原名叫查良镛，也是把镛字拆成了金和庸。作家诗人爱自己的文名，穆旦也不例外。这里还想说的是，穆旦当年还曾入缅远征军，扶病征战，创作了《森林之魅——祭胡康河上的白骨》、《阻滞的路》、《活下去》等诗歌名篇；不幸的是，这位天才的诗人，由于极“左”路线的迫害，只活了59 岁，他在临终前写下了《尽头》一首，读来催人泪下：

而如今突然面对坟墓，
我冷眼向过去稍稍四顾，
只见它曲折灌溉的悲喜，
都消失在一片亘古的荒漠……

此刻，诗人仿佛正在另一个世界另一张白纸上画圈；而我们，也在借助望远镜——他的诗歌，他曾经的唱响，去寻索他生命之后的光辉。

图书在版编目(CIP)数据

最美的诗歌/王明韵著．—2版．—合肥：合肥工业大学出版社，2017.12
(最美中国丛书)
ISBN 978-7-5650-3779-5

Ⅰ.①最…　Ⅱ.①王…　Ⅲ.①诗集—中国　Ⅳ.①I22

中国版本图书馆CIP数据核字(2017)第325315号

最美的诗歌

王明韵　著　　　责任编辑　朱移山　张　慧

出　版	合肥工业大学出版社	版　次	2011年12月第1版
地　址	合肥市屯溪路193号		2017年12月第2版
邮　编	230009	印　次	2017年12月第2次印刷
电　话	总　编　室:0551-62903038	开　本	710毫米×1000毫米　1/16
	市场营销部:0551-62903198	印　张	9.5　　字　数　127千字
网　址	www.hfutpress.com.cn	印　刷	合肥现代印务有限公司
E-mail	hfutpress@163.com	发　行	全国新华书店

ISBN 978-7-5650-3779-5　　　　定价：30.00元